岭南好风尚丛书

岭南家书

顾作义 主编

南方日報出版社
NANFANG DAILY PRESS
中国·广州

图书在版编目（CIP）数据

岭南家书 / 顾作义主编. — 广州 : 南方日报出版社, 2017.8
（岭南好风尚丛书）
ISBN 978-7-5491-1618-8

Ⅰ. ①岭… Ⅱ. ①顾… Ⅲ. ①书信集－中国 Ⅳ. ①I26

中国版本图书馆 CIP 数据核字(2017)第 153128 号

LINGNAN JIASHU
岭南家书

编　　者：顾作义
出版发行：广东南方日报出版社有限公司
地　　址：广州市广州大道中 289 号
出 版 人：周洪威
出版统筹：周山丹
责任编辑：阮清钰　郑　颖
实习编辑：梁　慧　吴佳俞　康聪华
装帧设计：肖晓文
责任技编：王　兰
责任校对：阮昌汉
经　　销：全国新华书店
印　　刷：广东信源彩色印务有限公司
开　　本：787mm×1092mm　1/16
印　　张：10.75
字　　数：142 千字
版　　次：2017 年 8 月第 1 版
印　　次：2018 年 4 月第 2 次印刷
定　　价：36.00 元

投稿热线：（020）87373998-8503　读者热线：（020）87373998-8502
网址：http://www.nanfangdaily.com.cn/press　http://www.southcn.com/ebook

【前言】

1994年，一首民谣开始在大街小巷传唱，“亲爱的爸爸妈妈你们好吗／现在工作很忙吧／身体好吧／我现在广州挺好的／爸爸妈妈不要太牵挂／虽然我很少写信／其实我很想家”。李春波的《一封家书》用最质朴的形式，唱出了对亲人的思念之情，也让人们意识到，遥寄相思的家书，在现代通信没有普及的年代，是维系亲人情感的重要纽带。

时间回溯至百余年前，革命先烈林觉民在黄花岗起义前夕，在《与妻书》中写道：“吾至爱汝！即此爱汝一念，使吾勇于就死也。吾自遇汝以来，常愿天下有情人都成眷属。然遍地腥云，满街狼犬，称心快意，几家能够。司马青衫，吾不能学太上之忘情也。”这封也是诀别书的家书中，不仅有林觉民与妻子陈意映的两情缱绻，更有志士为革命慷慨赴死的绝然，读之令人震撼。

也是在清末民初波谲云诡的历史下，广东、福建等沿海地区的人们为了避乱谋生、养家糊口，大量泛海出国，再将辛苦挣得的血汗钱连带着给亲人的家书一同寄回，是为“侨批”。这些家书，有最简单的生活叮嘱与最丰沛的情感倾诉，在当时成为分隔两地的亲人互诉衷肠的唯一方式。

家书，是远在他乡的人与家里人往来的书信。正所谓“江水三千里，家书十五行”，父辈的殷切关爱，兄弟的相互勉励，夫妻间的浓情蜜意，都在家书看似平淡的字里行间展露无遗。一封家书，能给予亲人莫大的慰藉，旁人观之，也能从中汲取为人处世、治学立业的正能量。

家庭建设、家庭教育不仅事关个人和一个家庭，更是社会进步文明的基石。习近平总书记说：“家庭是社会的基本细胞，是人生的第一所学校。不论时代发生多大变化，不论生活格局发生多大变化，我们都要重视家庭建设，注重家庭、注重家教、注重家风……”而家书恰好是一个窗口，无论革命先驱、知识分子、政府官员，借由家书与家人交流，分享个人的生活经验，真实呈现了家庭优良传统的代代相续对个人自我实现的重要性。

本书所选家书，突出“岭南”特色，遴选标准有二，一是家书撰写者祖籍为岭南者，如陈献章、梁启超、孙中山等；二是家书撰写者曾在岭南生活或为官，如林则徐、陈寅恪等。书中家信涵盖广泛，以“修身齐家治国”为主脉络，家书主题从个人身心道德实践（“修身”“养生”）到学习、事业等个人奋斗之目标（“为学”“立业”），再扩展到和睦家庭及与外界的处世之道（“睦家”“处世”），进而推及为国家富强独立而甘愿奉献的远大志向（“立志”“为国”），涵盖了个人由己及人、由小家及大家的自身德性不断提升的过程。读者从中可以深切体会到他们积极进取的人生态度，以及他们得以在不同领域取得成功的缘由。

家书人物所属时代，纵贯古今，个别字词的使用会与当下略有出入，特做相关说明。

一、由于时间久远，少量缺失内容，难以查证，暂且付之阙如。

二、家书中的异体字，如“到帐”等，一律按当时的通行用法，保持原貌，并在后面用〔 〕标示出当下规范用法。

三、家书中的错别字，亦在后面用〔 〕标出正确写法。

本家书选集的搜集、整理、校改，力求少出错，但由于水平所限，疏漏之处仍恐难免，敬请读者批评、指正。

目录

【修身】

【养生】

【为学】

【立业】

【睦家】

【处世】

【立志】

【为国】

【附录】

修身

陈献章　戒懒文，示诸生

（日就月将莫懈怠）

大舜为善鸡鸣起，周公一饭凡三止。仲尼不寝终夜思，圣贤事业勤而已。昔闻凿壁有匡衡，又闻车胤能囊萤。韩愈焚膏孙映雪，未闻懒者留其名。尔懒岂自知，待我详言之。官懒吏曹欺，将懒士卒离；母懒儿号寒，夫懒妻啼饥。猫懒鼠不走，犬懒盗不疑。细看万事乾坤内，只有懒子最为害。诸弟子，听训诲，日就月将莫懈怠。举笔从头写一篇，贴向座右为警戒。

【人物简介】

陈献章（1428—1500），字公甫，号实斋，世称“白沙先生”。明代思想家、教育家、书法家、诗人，广东唯一一位从祀孔庙的明代硕儒。主张学贵知疑、独立思考，提倡较为自由开放的学风，逐渐形成一个有自己特点的学派，史称“江门学派”。

陈献章

【家书解读】

信中以尧舜、周公、孔子等圣贤为例，告诉子弟们，圣人能成事业，重在勤奋，还列出凿壁偷光、囊萤映雪等等为学习而想尽办法的前辈。古人如此勤奋，现在的我们怎么能偷懒！而且还举例曹吏、将卒、母子、夫妻、猫鼠、犬盗等例，细说偷懒的危害。告诫众子弟，要听训诫，从每日做起，写座右铭为警戒。

湛若水　诫子诗戊戌四月十日示柬之

（期尔为圣贤）

忆尔年四五，期尔为圣贤。尔时亦不辞，冉冉岁相迁。志学及弱冠，变化忽不然。龙猪异其质，速利日牵煎。如藤缠葫芦，所得遂忘天，岂特遂忘天？于亲亦忘焉。忘亲都非子，忘天者非人。哀哉为人子，回驾今勉旃。

【人物简介】

湛若水（1466—1560），字元明，号甘泉，增城（今广州增城）人。明代著名哲学家、教育家和书法家，著有《湛甘泉集》。孝宗弘治间进士，先后官任翰林院庶吉士、编修、侍讲、侍读，国子监祭酒，礼部、吏部、兵部尚书，赠太子太保，谥文简。他师承白沙先生“天地间一气而已”的“学宗自然”心学理论，以“随处体验天理”为宗，强调气理合一、知行合一，主张把主观精神与客观物体统一在一起，即“心性非二”，“理气合一”。其为陈献章之后岭南学派的一代宗主，与王阳明讲学论道于一时，时称“王湛之学”。湛若水书法承继白沙，但能自出新意，这点较为难能可贵。

湛若水

【家书解读】

这首诫子诗为湛若水所写，意在告诫后代子弟随着年龄增长，当在变化的大潮中保有初心，时刻检视自己的行为，遵循天道人理。不论古代还是现代的人，对子孙后代总是寄予厚望，湛若水也在其子四五岁时，期待他长成如圣贤一般的人，孩子也有志如此，却难抵成长受到的各种影响，使其志涣忘亲而逆道，这时来自长辈的指导便显得尤为重要。

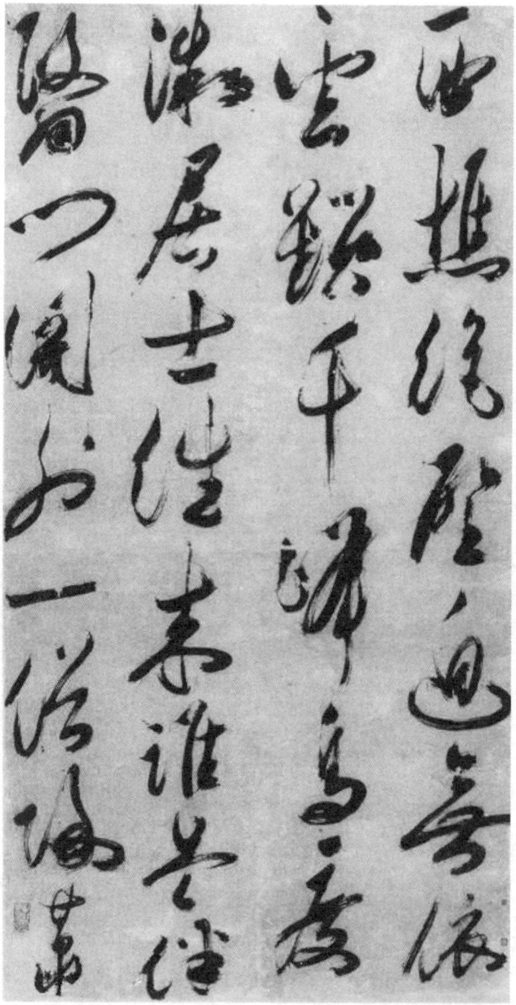

湛若水这件行草书纸本，纵144厘米，横72厘米。从笔画特点看，应是用茅龙笔所书，比如笔画间出现的飞白，与毛笔出现的略有不同

湛若水　示诸生兼告同志

（圣人亦人为）

圣人亦人为，诸子早辨志。持此忠信资，何远不可至？尧舜称大圣，其道孝弟耳。孝弟谁不然？鲜或见天理。天理天所为，超然绝人伪。夫谁能举之？聪明与睿智。兹理何由臻？执事自敬始。

【家书解读】

人们瞻仰圣人，仿佛圣人总是非同一般，却忘了圣人也是人，修身自持，是圣人的共有品性，人人成圣虽难，但是人人向圣却能做到。从己身做起，依持天理而充分发挥自己的聪明才智，就能向圣人近一步。湛若水打破圣人只可远观的清貌，让子弟们意识到，成才为圣之基础在于每一个人坚毅的忠信品格和机敏灵活的处世方式。

林则徐　训子汝舟

（告诫持躬宜勤敬和睦）

字谕汝舟儿。尔叨蒙天恩高厚，祖宗积德，年才二十八，已成进士，授职编修，是为侥幸成名，切不可自满，宜守三戒：一戒傲慢，二戒奢华，三戒浮躁。尔既奉母弟居京华，务宜体我寸心，常持勤敬与和睦，凡家庭间能守得几分勤敬，未有不兴；能守得几分和睦，未有不发。若不勤不和之家，未有不败者也。尔昔在侯官，将此四字于族或人家验之，必以吾言为有证也。尔性懒，书案上诗文乱堆，不好收拾洁净，此是败家气象，嗣后务宜痛改，细心收拾，即一纸一缕，皆宜检拾伶俐，以为弟辈之榜样，勿以为是公子，是编修，一举一动，皆须人服侍也。尔能勤，二弟皆学勤；尔能和，二弟皆学和；尔能孝，二弟皆学孝；尔为一家之表率，慎之慎之。

【人物简介】

林则徐

林则徐（1785—1850），字元抚，又字少穆、石麟，晚号俟村老人、俟村退叟、七十二峰退叟、瓶泉居士、栎社散人等，福建侯官（今福州市区）人，是清代政治家、思想家和诗人，官至一品，曾任湖广总督、陕甘总督和云贵总督，两次受命钦差大臣；因其主张严禁鸦片，在中国有“民族英雄”之誉。1839年，林则徐于广东禁烟时，派人明察暗访，迫使外国鸦片商人交出鸦片，并将没收鸦片于1839年6月3日在虎门销毁。1850年11月22日，林则徐在普宁老县城病逝，终年65岁。其与晚清思想家魏源翻译合编《海国图志》，此书对晚清的洋务运动乃至日本的明治维新都具有启发作用。

林汝舟（1814—1861），字镜枫，号楫之，福建侯官人。林则徐长子，妻为陆我嵩之女。道光十八年（1838年），林汝舟考中戊戌科进士，殿试位列第二甲第六名，选庶吉士，散馆授翰林院编修，未任他职。林则徐遣戍新疆时，他因在职，按例不得随侍父亲。林则徐逝世后，林汝舟升为侍讲。

【家书解读】

此信由林则徐写给长子林汝舟，意在告诫他身居编修这一官职，不能忘记自己要为家庭成员做好修身榜样，“尔能勤，二弟皆学勤；尔能和，二弟皆学和；尔能孝，二弟皆学孝”，并且要戒傲慢，戒奢华，戒浮躁，持家有度，勤劳温和，尽孝尽善。

郑观应　训次儿润潮

（知善知恶是良知）

昨阅来书云：近日究心良知之学。王文成云：知善知恶是良知，为善去恶是格物，无善无恶心之体，有善有恶意之动。凡人生之初，原无善恶，自知识开则六根为利欲所诱，甚至无所不为，人欲肆而天理亡矣。故儒家谓："人心惟危，道心惟微。"释家谓："心生则种种魔生，心灭则种种魔灭。"道家谓："人心当权，天心退位。"故文成公又谓：必须去其私欲之蔽，以明其明德，方复其初也。明德者真性也。然欲复其真性，当先知至善之地，则心有所归止，而后明德可复明也。《三一音符》谓：至善者既济之乡也。一切有生咸被六根妄识引心逐外，迷无所归，是以外炎而水火分，故未济。名曰人心既济，名曰道心能穷，而返之即是止于至善矣。孟子谓："反身而诚，乐莫大焉。"闵小艮先生云：圣学以知止始，以止于至善终。始于无极，归于无极。佛以无所住而生其心，如一大藏教旨。道以致虚二字完性命全功。

文成公又云：至善者明德亲民之极则也。天命之性粹然至善。其灵明不昧者，皆其至善之发见，是乃明德之本体，而即所谓良知者也。至善发见莫不自有天然之中，是乃民彝物则，而不容稍有拟议增损于其间。若少有拟议增损于其间，则是私意小智，而非至善之谓矣。丹经谓：儒家从心性用功，纯乎天理，养我浩然之气。释家从寂灭入手，不为物欲所累，直超上乘；道家从虚无入手，亦不为物欲所诱，了性了命，借色身以炼法身，人人能尽性致命，则得一万事毕，生死自由，视富贵功名、妻财子禄如浮云，不为世事所束缚，则天地间无不是忠臣、孝子、义士矣。

明贤王文成得天元之学，文德武功为中外所钦仰。日本维新，振兴实业，民知爱国，日臻富强，果操何学以致此哉？大抵崇尚文成之学所致耳。夫文成我国之先贤也，士大夫不知效法，昧厥良知，只图私利，百不如人。对于日本能勿汗颜！昨读文成《传习录》所载《修道说》、《〈大学〉序》，言简意赅，特录寄汝，当于课余之暇，与《传习录》、先贤陆潜虚《方壶外史丛书》细加研究，身体力行为要。

修道说“率性之谓道”，诚者也；“修道之谓教”，诚之者也。故曰：“自诚明谓之性，自明诚谓之教。”《中庸》为诚之者而作，修道之事也。道也者性也，不可须臾离也，而过焉不及焉。是故君子修道之功，戒慎乎其不睹，恐惧乎其不闻，微之显诚之不可掩也。若是其无间，诚之也，夫然后喜、怒、哀、乐之未发谓之中，发而皆中节谓之和，道修而性复矣。致中和，则大本立而达道行，知天地之化育矣。非至诚尽性，孰能与于此哉！是修之极功也。《〈大学〉序》云：大学之要诚意而已矣。诚意之功格物而已矣。诚意之极止至善而已矣。止于至善之则致知而已矣。正心复其体也，修身著其用也。以言乎己谓之明德，以言乎人谓之亲民，以言乎天地之间则备矣。是故至善也者，心之本体也。动而后有不善，而本体之知未尝不知也。意者其动也，物者其事也。致其本体之知，而动无不善，然非即其事而格之，则亦无以致其知。故致知者诚意之本，格物者致知之实也。物格者则知致意诚而有以复其本体，是之谓止至善。圣人惧人之求于外也，而反复其辞，旧本析而圣人之意亡矣。是故不务于诚意，而徒以格物者，谓之支；不事于格物，而徒以诚意者，谓之虚；不本于致知，而徒以格物诚意者，谓之妄。支与虚与妄，其于至善也远矣。合之以经而益缀，补之以传而益离，吾惧学之日远至善也。去分章而复旧本，复为之注，以引起义。庶几复见圣人之心，而求知者有其要。噫！致知、格物、修身之本，学者不可不穷参极究也，先觉之言尚其服膺焉。

【人物简介】

郑观应（1842—1922），原名官应，字正翔，号陶斋，别号杞忧生，晚年自号罗浮偫鹤山人。祖籍广东香山县（今中山市）三乡镇雍陌村。他是中国近代最早具有完整维新思想体系的理论家、启蒙思想家和实业家。著有《救时揭要》《易言》《盛世危言》等。16岁到上海学商，先后在英商宝顺洋行、太古轮船公司任买办。历任上海电报局总办，轮船招商局帮办、总办。中法战争时，曾往暹罗、西贡、新加坡等地调查了解敌情，逐一绘图贴说。光绪十一年（1885年）初，途经香港，被太古轮船公司借故控追“赔款”而遭拘禁，经年始得解脱。后隐居澳门近六年，撰成《盛世危言》一书。

【家书解读】

郑观应通过此信向次子郑润潮教授“良知之学”，通过王文成及儒释道各方见解全面地与其分析：诚恳而明白事理，是天性所为；明白事理而做到诚恳，便是教育的结果。他嘱咐儿子要细加研究《传习录》《方壶外史丛书》，并且要身体力行。告诫他应当约束自身欲望，修身养德，通过推究事物原理、彻底了解事物，进而意念诚实、摒除内心的邪念，提高道德修养。

《盛世危言》书影

梁启超　致孩子们书

（悲观是腐蚀人心的最大毒菌）

孩子们：

我近来寄你们的信真不少，你们来信亦还可以，只是思成的太少，好像两个多月没有来信了，令我好生放心不下。我很怕他感受什么精神上刺激苦痛，我以为一个人什么病都可医，惟有“悲观病”最不可医，悲观是腐蚀人心的最大毒菌。生当现在的中国人悲观的资料太多了。思成因有徽音的连带关系，徽音这种境遇尤其易趋悲观，所以我对思成格外放心不下。

关于思成毕业后的立身，我近几个月来颇有点盘算，姑且提出来供你们的参考——论理毕业后回来替祖国服务，是人人共有的道德责任。但以中国现情而论，在最近的将来，几年以内敢说绝无发展自己所学的余地，连我还不知道能在国内安居几时呢？（并不论有没有党派关系，一般人都在又要逃命的境遇中。）你们回来有什么事可以做呢？多少留学生回国后都在求生不能求死不得的状态中，所以我想思成在这时候先打打主意，预备毕业后在美国找些职业，蹲两三年再说，这话像是“非爱国的”，其实也不然，你们若能于建筑美术上实有创造能力，开出一种“并综中西”的宗派，就先在美国试验起来，若能成功则发挥本国光荣，便是替祖国尽了无上义务。我想可以供你们试验的地方，只怕还在美国而不在中国。中国就令不遭遇这种时局，以现在社会经济状况论，那里会有人拿出钱来做你们理想上的建筑呢？若美国的富豪在乡间起（平房的）别墅，你们若有本事替他做出一两所中国式最美的样子出来，以美国人的时髦流行性，或竟可以轰动一时，你们不惟可以解决生活问题，而且可以多得实验机会，令自己将来成一个大专门家，岂不是“一举而数善备”吗？这是我一个人如此胡猜乱想，究竟容易办到与否，我不知那边情形，自然不能轻下判断，不过提出这个意见备你们参考罢了。

我原想你们毕业后回来结婚，过年把再出去。但看此情形（指的是官费满五年的毕业），你们毕业时我是否住在中国还不可知呢？所以现在便先提起这问题，或者今年暑假毕业时便准备试办也可以。

因此，连带想到一个问题，便是你们结婚问题。结婚当然是要回国来才是正办，但在这种乱世，国内不能安居既是实情。你们假使一两年内不能回国，倒是结婚后同居，彼此得个互助才方便，而且生活问题也比较的容易解决。所以，我颇想你们提前办理，但是否可行全由你们自己定夺。我断不加丝毫干涉，但我认为这问题确有研究价值，请你们仔细商量定，回我话罢。

你们若认为可行，我想林家长亲也没有不愿意的，我便正式请媒人向林家求婚，务求不致失礼，那边事情有姊姊替我主办，和我亲到也差不多。或者我特地来美一趟也可以。

问题就在徽音想见他母亲，这样一来又暂时耽搁下去了，我实在替他难过，但在这种时局之下回国，既有种种困难，好在他母亲身体还康强，便迟三两年见面也还是一样。所以，也不是没有商量的余地。

至于思永呢，情形有点不同。我还相当的主张他回来一年，为的是他要去山西考古。回来确有事业可做，他一个人跑回来便是要逃难也没有多大累赘，所以回来一趟也好，但回不回仍由他自决，我并没有绝对的主张。

学校讲课上礼拜已完了，但大考在即，看学生成绩非常之忙（今年成绩比去年多，比去年好），我大约还有半个月才能离开学校。暑期住什么地方尚未定，旧病虽不时续发，但比前一个月好些，大概这病总是不要紧的，你们不必忧虑！

五月廿六日　爹爹

【人物简介】

梁启超像

梁启超（1873—1929），字卓如，一字任甫，号任公，又号饮冰室主人、饮冰子、哀时客、中国之新民、自由斋主人。广东新会人，清朝光绪年间举人，中国近代思想家、政治家、教育家、史学家、文学家。戊戌变法（百日维新）领袖之一，中国近代维新派、新法家代表人物。幼年时从师学习，8岁学为文，9岁能缀千言，17岁中举。后师从于康有为，成为资产阶级改良派的宣传家。维新变法前，与康有为一起联合各省举人发动“公车上书”运动，此后先后领导北京和上海的强学会，又与黄遵宪一起办《时务报》，任长沙时务学堂的主讲，并著《变法通议》为变法做宣传。戊戌变法失败后，与康有为一起流亡日本，政治思想上逐渐走向保守，在海外推动君主立宪。但是他是近代文学革命运动的理论倡导者。辛亥革命之后一度入袁世凯政府，担任司法总长。之后对袁世凯称帝、张勋复辟等严词抨击，并加入段祺瑞政府。他倡导新文化运动，支持五四运动。1929年1月19日，在北京协和医院溘然长逝，终年56岁。著有《饮冰室合集》《中国近三百年学术史》《中国历史研究法》。

【家书解读】

这是梁启超写给孩子们的家书，载满了对思成、徽因和思永的深深关怀，涉及学业、工作和生活各方面，告诫他们悲观是腐蚀人心的最大毒菌。在自己事业最不得志时，当反省自己的内心。当宏观的家国理想与残酷冰冷的现实相碰撞时，应平心静气，回归自我，从身边能做之事做起，勿脚步太慢、思想太快。

陈垣　致陈约

（绝去浮气，潜心做人）

数次来信，未有复汝，因来信充满怨望、要求、不满、不足、怨怼等意思，故不愿复你，待汝自省。然防汝终不知自省也，故今隐忍言之。又屡次来信，都无心得，营营于污浊之中（衣食使用之谓）。所有寄汝书物，除收到外，绝无一句复述，及阅后何如，有何所见，每以轻心掉之，殊不注意。如寄汝《学校管理法》，何尝见你有一句提及其中如何，如此尚望再寄书物乎？

老实说，某君本不是一个正派可靠之人，其人自来好用小手段，颇有聪明，不诚实，同学多不满之。此次因为你要谋馆，既有此一路，姑介绍你。此实不得已，又不便先说明此人如何如何，待你自觉，然心总不安。又听见你前来信，说与他颇密，知你已上他当。聪明不及人，无见识，又受此人愚弄矣。此人往日即有此小手段，我以为你一定会觉着，不怕。且此人有肺疾，未全愈，尤不宜多往来。久欲告汝，又欲托博转告汝，然终不便出口。今既发见此事，可知此人又为人不满，小手段又不行矣。天下人非尽愚人，岂能长弄小手段，而不为人所觉所厌之理？他来快信，云要在平谋事，我已去快信止之，令其忍耐。此间谋事甚不易，此人人缘既差，尤不易。即使谋得，如素性不改，亦不能久，所谓“到处都碰钉”也。到此时，我不便不告汝，各人做各人事，各人尽各人本份，不必因人，只要好好尽自己心力，忍耐做去。此人要渐渐疏远，他说北来，亦不容易。总系有你此次因缘，领过他一点小人情，他又有所藉赖，甚难为情耳。我当初叫你去，以为总有三四十至五六十，后来信说二三十，我已觉领此人情不值得，总系累事，我并不问，不便多说，不忍不告。你要绝去浮气，潜心做人。我说的话，不可当为水过鸭背，则或有盼望耳。

【人物简介】

陈垣

陈垣（1880—1971），字援庵，又字圆庵，广东新会人，出身药商家庭。中国历史学家、宗教史学家、教育家。陈垣先后创建广州光华医学专门学校、北京孤儿工读园、北京平民中学。曾任国立北京大学、北平师范大学、辅仁大学的教授、导师。1926—1952年，任辅仁大学校长。1952—1971年，任北京师范大学校长。1949年以前，他还担任过京师图书馆馆长、故宫博物院图书馆馆长。1949年后，任中国科学院历史研究所第二所所长。历任第一、二、三届全国人民代表大会常务委员会委员。主要著述有《元西域人华化考》《校勘学释例》《史讳举例》及《通鉴胡注表微》等，另有《陈垣学术论文集》行世。与陈寅恪并称为“史学二陈”，二陈又与吕思勉、钱穆并称为“史学四大家”。

【家书解读】

这是陈垣写给远在广东的三子陈约的信，是众多书信中尤具有代表性的一封。字里行间透露着对儿子的关怀和耐心，数千里之隔传书提醒他注意调整心态，多自省，切勿沉溺于生活琐事之间；做事当尽好自己的本分，切勿浮躁，心存侥幸，唯有脚踏实地才见真知。并且点拨涉世未深的儿子对于身边的朋友谨慎对待，因为其中不乏颇有心机之人。

养生

林则徐　复长儿汝舟

（勿以稍吸为不足虑）

大儿知悉。刻接汝母书，家中大小均平安，甚慰。吾儿在京，身躯当亦如常，惟须加意调护，勿使万里外老人担忧也。广东起居饮食尚适，勿念。惟鸦片充斥，戕生耗财，殊为可忧。闻此风已传至各地，故乡子弟亦有不幸染此癖者，殊属可恨。京中情况如何？有此毒物否？嗜此者，大率因夜眠不足，精神困顿，初则视为药品，以为稍吸无妨，继则惟知其害，而已欲罢不能矣。一失足成千古恨，吾儿须切戒之，勿以稍吸为不足虑，更勿以暂吸为不足成瘾。须知此物之毒不减鸩酒，初吸之似可振起精神，实则饮鸩止渴耳。父闻人言，精神衰颓时吸之有奇效，然犹人当贫乏时，出重利以借债耳，借款到手，似觉舒展，实则害已中于身矣。盖借明后日之精神，以助吾此时之精神耳。一吸以后，不吸便觉委顿，而瘾成矣。迨既成瘾，则虽吸亦无效，犹之人当债务满身时，不再借固无以存活，即借亦不过用以支付利息，未能受用，卒之越弄越僵，不至毙命不止。吾儿须牢记之，慎勿堕入也。闻吾儿睡时甚迟，此甚不可。作事须有定时，朝早起而晚早眠，况京官究属清闲，不比外省官吏，一至夕阳在山，已可出部，何必弄至深更夜半。又闻吾儿极好宾客，人在外作客，友朋固不可少，然须择人而友。京官中虽多仕流，吾儿所交者未必尽为匪人，然亦不可不慎，言语亦宜谨慎。鸦片一物，更须屏绝，否则非吾子也。元抚示。

【家书解读】

在此信中林则徐警告儿子千万不能吸食鸦片，他清醒地认识到鸦片给人带来的危害是不可估量的。在此信中还可以清楚地读到人体对于鸦片的依赖是如何一步步形成的。起初，人们将鸦片“视为药品，以为稍吸无妨”，结果慢慢误入歧途才发现已经上瘾不能自拔。林则徐还提到，鸦片在人精神萎靡时有奇效，所以人们会借债满足欲念，从而恶性循环直至自己“债务满身”，无法存活。林则徐告诫儿子要洁身自好，严格自律。此文不管是在当时还是在现代都对人们有很好的警示作用。

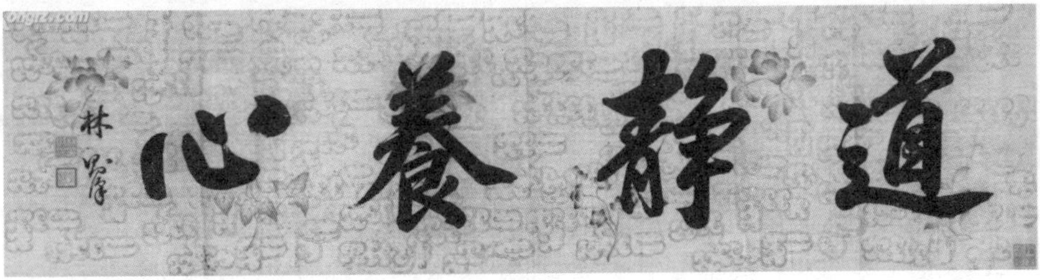

林则徐书法

林则徐　与弟元抡书

（商酌戒烟药方）

来书俱悉，禁烟章程，已得陶制军同意，欣甚慰甚。所云革弊尽善矣，惜少救弊之法，具见陶公为政以德，不尚严刻也。夫欲救此弊，只有酌定完善戒烟药方，欲定戒烟药方，须先研究食烟后，因何精神抖擞，瘾来时，因何呵欠频作，精神疲惫。盖由人之喉管有二：食管，以主饮食，下达二肠；气管，以主呼吸，周通五脏。气管本属清虚，不受一粒半滴之物，而烟乃有气无形之物，故可吸入呼出，往来于五脏，虽其气已去，而其味常留。但人之所以得生者，胥藉胃间所纳谷气，循环于经络，以培养其精神。食烟时虽能提摄精神，不过片时之兴奋，其脏肺惯得烟气，以克谷气，因是滋养力缺乏，面色枯槁而羸瘦矣。凡食鸦片烟者，视五谷犹可缓，惟对时不食烟，则瘾作而全身疲倦，其故由于正气为邪气所制耳。按鸦片性毒而淫，味涩面滞，色黑而人肝肾，故一吸而能透于筋肉骨髓之中，一呼又能达于肢体皮毛之杪，遍身内外无处不到，是以烟才下咽，自顶至踵顿觉舒畅，由渐而常，由常而成瘾。内面脏腑经络，外而耳目手足，皆必得此烟气而后能安。一旦无之，肾先告乏，而呵欠频作，肝亦困惫，面涕泪交流，血液滞流，而精神疲惫矣。溺乎其中者，至是而适受其困。然溺而知戒，不过困于一时，溺而不戒，则直徇以身命焉。以烟气克谷气，引邪夺正，其能久乎？果其戒之，并非难事，只须立志坚定，体之壮者，无药方亦可断绝。惟受瘾深，气体弱者，无药方殊难断绝。爰拟前后两方，前曰忌酸丸，后曰补正丸。

忌酸丸，以烟灰和药为之。缘初戒时，不能遽绝烟，故以烟灰代之。药共十四味，重用附子者，取其走而不守，能通行十二经也。佐之以柴胡之左旋，升麻之右旋，沉香之直达下焦，四者相合，则彻乎上下表里，顷刻而能遍及全身矣。因吸烟之人中气无不伤，气伤则不能化精，而血遂衰，故用参芪以补肺气，白术以补脾气，陈皮、木香以利诸气，当归、连柏以凉血而生血。且连柏能杀附子之毒，天麻能止气血两虚者之昏晕，甘草补中益气，并能引和诸药，烟灰能抵夙瘾也。此方气血两补，炼以为丸，吞入于胃，行气于五脏，输精于经络，俄顷间亦能彻顶踵，遍内外，是以烟瘾不起，诸病不作，且有沉、术二香薰蒸五脏，故吞丸数日后，若再吸烟，不独脏气与之扞格，即鼻中闻之，亦嫌其臭矣。补正丸，即以忌酸丸之方，减去附子、黄芪、木香并烟灰，其余药味分量均与忌酸丸方同。凡戒烟者，先单吞忌酸丸五日，六日起每日减忌酸一丸，加补正两丸替之，减两丸则以四丸替之，照此递推，互相加减，至忌酸丸减尽，再单服补正丸一月，即补正丸亦可不服，面瘾自断矣。

愚兄订定此方，试有效验，惟因和有烟灰，若吞服后接连食味酸之物，能令人肠断而死，故以忌酸名。尤恐不知者与酸味同食，殊为危险。陶制军素精医道，烦我弟转请正之。倘有解免忌酸之药加入，则此方克臻完善，庶可进呈御览，颁行各省，使世人得全身命以保余生，懔国法而免刑戮。凡有血气之人。有不觉悟自醒，迷途早返者哉！药方制法附后：

忌酸丸方

生洋参五钱	白术三钱	当归二钱
黄柏四钱	川连四钱	炙黄芪三钱半
炙甘草三钱半	陈皮二钱半	柴胡二钱半
沉香二钱忌火	木香二钱忌火	天麻三钱
升麻一钱半	附子七钱	烟灰一两后下

右药共为细末，入生附子七钱，用米泔浸透滤干，石臼中捣烂如泥，再入烟灰搅匀，面糊为丸，如小桐子大。平日有瘾一钱，服丸三十粒。初服宜加多，五日后每日减去一丸，加补正丸二粒，以

减尽为度。

补正丸方（分量同前方）

生洋参　白术　当归　黄柏　川连　炙甘草　陈皮　柴胡

沉香　天麻　升麻。

共为细末，用蜜和丸如小桐子大，以之顶换忌酸丸。

【人物简介】

林霈霖（1796—1839），又名元抡，字雨人，福建侯官（今福州市区）人，林则徐三弟，育有二女一子。出生后即出嗣其三伯父林孟典（原名天策）。嘉庆二十一年（1816年）入泮，道光五年（1825年）八月中举，官光泽县（今属福建）县学训导。

【家书解读】

在此信中林则徐详细地解释了吸食鸦片的具体危害，然后对症下药，制定了忌酸、补正两个戒烟药。林则徐详细陈列了可用的药材、忌用的药材、具体的食用方法以及患者会出现的反应。林则徐用长篇书信详细总结归纳了医治鸦片瘾的方法，体现出他对百姓身体健康的关切和对于禁止鸦片的决心。林则徐的良苦用心和为官体恤百姓的拳拳之意令人动容。

林则徐　训大儿汝舟

（嘱以简便戒烟药方传播乡里）

自黄鸿胪奏请严禁鸦片，有旨令各直省督抚妥议具奏。余拟具章程六条，并忌酸、补正戒烟两药方进呈，得蒙圣鉴采录颁行。惟二方中都用洋参，配合两剂，需钱数十千。彼惮于断烟者，固有所借口；即有志戒烟者，一时或乏此整款；劝人断烟者，亦未必均肯捐资多制药丸，随人施给。则刀圭虽可以救病，其如畏难苟安何！嗟夫，人孰不欲生！若不于此宽限期内求生，转瞬限期届满。不死于烟，即死于法。纵孽由自作，原不可活，然不教而诛，治民者太觉忍心。用是再定两种简便戒烟药方，皆费钱极少，而收效甚捷。一曰四物饮，一曰瓜汁饮，药味制法录后。尔速照方抄录，刊印三万纸，遣人散发乡里，庶使穷乡僻壤之地，舆台奴隶之微，苟一念知悔，无论有钱无钱，皆可立刻配合，则恶癖易除，而显戮可免矣。

四物饮

赤沙糖一斤　　生甘草一斤　　川贝母七钱去心研细　　鸦片灰三钱瘾重四钱

右四物，以清水十大碗，入铜锅内煎两三时，约存三四碗，愈浓愈妙，将渣漉去，汁贮磁瓮内，置静室透风处，每日早起及夜卧之前，各取汁一茶杯，以开水温服。吃烟多者，须依食烟次数加食二三次，瘾自可断。如烟瘾重大，取漉出之渣，加水重煎，十杯煎成一杯，照前法再服，必效。

瓜汁饮

南瓜正在开花时，连花叶根藤一并取起，用水洗净，入石臼中合而捣之，取汁常服，半月后夙瘾尽去。甫经结瓜者，连瓜捣之，亦可用。

《本草》载，南瓜甘温无毒，补中益气。截其藤捣汁，误吞生烟者服之，即不死，是其解毒如神，故除瘾亦极效。此物在夏秋间，荒僻村野，随在皆有，取之不穷，不费分文。劝人戒烟者，宜多取此汁，广贮坛瓮，留以济人，可谓不费之惠。

【家书解读】

林则徐给大儿子写这封信是为了嘱咐其把简便的禁烟药方传播给乡里百姓。是时朝廷已采用林则徐上呈的章程和忌酸、补正两个戒烟药并颁行全国，有烟瘾的人不在规定时间内戒烟便要严惩，但这两个药方都需昂贵的洋参配药，考虑到普通百姓的收入不多，林则徐再制定了两个更简便的戒烟药方。林则徐身在高位，能够切身体会到普通百姓的难处，并及时找到处理方式，实在让后人敬佩。

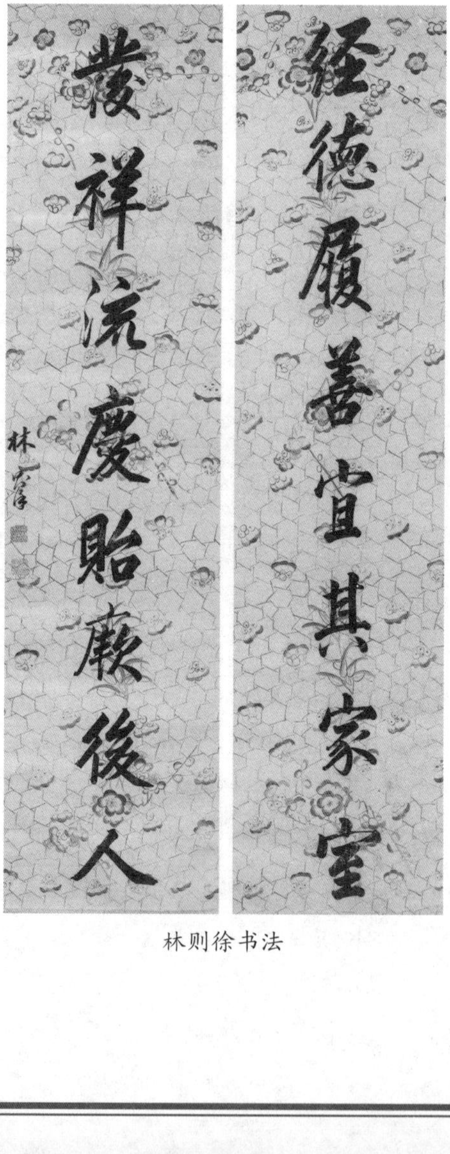

林则徐书法

梁启超　致孩子们书

（不必着急，只须用相当的努力便好了）

孩子们：

我从昨天起被关在医院里了。看这神气，三两天内还不能出院，因为医生还没有找出病源来。我精神奕奕，毫无所苦。医生劝令多仰卧，不许用心，真闷杀人（以上正月初四写）。

入医院今已第四日了，医生说是膀胱中长一疙瘩，用折光镜从溺道中插入检查，颇痛苦，（但我对此说颇怀疑，因此病已阅半年，小便从无苦痛，不似膀胱中有病也。）已照过两次，尚未检出，检出后或须用手术。现已电唐天如速来。但道路梗塞，非半月后不能到。我意非万不得已不用手术，因用麻药后，体子终不免吃亏也。

阳历新年前后顺、庄各信次第收到。庄庄成绩如此，我很满足了。因为你原是提高一年，和那按级递升的洋孩子们竞争，能在三十七人考到第十六，真亏你了。好乖乖，不必着急，只须用相当的努力便好了。

寄过两回钱，共一千五百元，想已收。日内打算再汇二千元。大约思成和庄庄本年费用总够了。思永转学后谅来总须补助些，需用多少，即告我。徽音本年需若干，亦告我，当一齐筹来。

庄庄该用的钱就用，不必太过节省。爹爹是知道你不会乱花钱的，再不会因为你用钱多生气的。思成饮食上尤不可太刻苦。前几天见着君劢的弟弟，他说思成像是滋养品不够，脸色很憔悴。你知道爹爹常常记挂你，这一点你要令爹爹安慰才好。

徽音怎么样？我前月有很长的信去开解他，我盼望他能领会我的意思。“人之生也，与忧患俱来，知其无可奈何，而安之若命”，是立身第一要诀。思成、徽音性情皆近狷急，我深怕他们受此刺激后，于身体上精神上皆生不良的影响。他们总要努力镇摄自己，免令老人耽心才好。

我这回的病总是太大意了，若是早点医治，总不至如此麻烦。但病总是不要紧的，这信到时，大概当已全愈了。但在学堂里总须放三两个月假，觉得有点对不住学生们罢了。

前几天在城里过年，很热闹，我把南长街满屋子都贴起春联来了。

军阀们的仗还是打得一塌糊涂。王姨今早上送达达回天津，下半天听说京津路又不通了（不知确否），若把他关在天津，真要急杀他了。

二月十八日　爹爹

德国医院三十四号

【家书解读】

梁启超主要在这封信中说明了自己的病况，并一一给孩子们一些建议。从思庄的成绩到平时的零花钱，包括思成、徽因的为人处世都一并讲述。嘱咐思成要注意补充营养，保重身体，为拥有强壮体魄，不可在饮食上过于节约用钱。在社会动荡和自己身体抱恙的状况下还能仔细地为各个孩子考虑，实在是为人父母的典范。

梁启超　致孩子们书

（把自己的身体和精神十二分注意锻炼、修养）

孩子们：

有顶好消息报告你们：我自出了协和以来，真养得大好而特好，一点药都没有吃，只是如思顺来信所说，拿家里当医院，王姨当看护，严格的从起居饮食上调养。一个月以来，“赤化”像已根本扑灭了，脸色一天比一天好，体子亦胖了些。这回算是思永做总司令，王姨执行他的方略，若真能将宿病从此断根，他这回回家，总算尽代表你们的职守了。我半月前因病已好，想回清华，被他听见消息，来封长信说了一大车唠叨话，现在暂且中止了。虽然著述之兴大动，也只好暂行按住。

思顺这次来信，苦口相劝，说每次写信便流泪。你们个个都是拿爹爹当宝贝，我是很知道的，岂有拿你们的话当耳边风的道理。但两年以来，我一面觉得这病不要紧，一面觉得他无法可医，那么我有什么不能忍耐呢？你们放下十二个心罢。

却是因为我在家养病，引出清华一段风潮，至今未告结束。依思永最初的主张，本来劝我把北京所有的职务都辞掉，后来他住在清华，眼看着惟有清华一时还摆脱不得，所以暂行留着。秋季开学，我到校住数天，将本年应做的事，大约定出规模，便到医院去。原是各方面十分相安的，不料我出院后几天，外交部有改组董事会之举，并且章程上规定校长由董事中互选，内中头一位董事就聘了我，当部里征求我同意时，我原以不任校长为条件才应允（虽然王荫泰对我的条件没有明白答复认可），不料曹云祥怕我抢他的位子，便暗中运动教职员反对，结果只有教员朱某一人附和他。我听见这种消息，便立刻离职，他也不知道，又想逼我并清华教授也辞去，好同清华断绝关系，于是由朱某运动一新来之研究院学生，（年轻受骗）上一封书（匿名）说，院中教员旷职，请求易人。老曹便将那怪信油印出来寄给我，讽示我自动辞职。不料事为全体学生所闻，大动公愤，向那写匿名信的新生责问，于是种种卑劣阴谋尽行吐露，学生全体跑到天津求我万勿辞职（并勿辞董事），恰好那时老曹的信正到来，我只好顺学生公意，声明绝不自动辞教授，但董事辞函却已发出，学生们又跑去外交部请求，勿许我辞。他们未到前，王外长的挽留函也早发出了。他们请求外部撤换校长及朱某，外部正在派员查办中，大约数日后将有揭晓。这类事情，我只觉得小人可怜可叹，绝不因此动气。而且外部挽留董事时，我复函虽允诺，但仍郑重声明以不任校长为条件，所以我也断不至因这种事情再惹麻烦，姑且当作新闻告诉你一笑罢。

我近来最高兴的是得着思成长信，知道你的确还是从前那活泼有春气的孩子，又知道身体健康也稍回复了——但因信中有“到哈佛后已不头痛”那句话，益证明我从前的担心并非神经过敏了。你若要我绝对放心，辄要在寒假内找医生精密检查，看是否犯了神经衰弱的病，若有一点不妥，非把他根本治好不可！你这样小小年纪，若得了一种痼疾不独将来不能替国家社会做事，而且自己及全家庭都受苦痛。这件事我交给思顺替我监督着办，三个月后我定要一张医生诊断书看着才放心的。

思成的中国宫室史当然是一件大事业，而且极有成功的可能，但非到各处实地游历不可——大抵内地各名山，唐宋以来建筑物全都留存的尚不少，前乎此者也有若干痕迹，——但现在国内情形真是一步不可行，不知何时才能有这种游历机会。思永这回种种计划都成泡影，恐以后只有更坏，不会往好处看，你回来后恐怕只能在北京城圈内外做工作，好在这种工作也够你做一两年了。

十二点过了，王姨干涉了好几次了，明天再写吧。

以上十二月廿三日

你来信说武梁祠堂，那不过是美术史上重要资料罢了。建筑上像不会看出什么旧型，你着手研究后所得如何，只怕失望罢。

若亲到嘉祥县去实地用科学方法调查废址也许有所得。

以上仍是廿三日

【家书解读】

梁启超在此信中分别讲到了自己的身体状况以及自己在清华任职的风波，最后提到了对于梁思成身体的担忧，字里行间透露出父亲与孩子之间的亲密无间。在谈到自己的辞职风波时，梁启超更多的是豁达与淡然，“只觉得小人可怜可叹，绝不因此动气”，虽被人诟病，但幸大众并不愚昧，所以仍能身正不怕影子斜。而他对于孩子身体健康的关心远远胜于对自己久病身体的忧虑。梁启超更多地考虑到梁思成的身体问题以及日后的职业规划，其心思细腻，令人佩服。

梁启超书法

容庚　致容琬书

（与其旅行忙，不如在家休息）

琬：

十日、十一日两信均收到。

秀珍和国健都有肺病，真使我焦急。你能对弟妹照顾，我就安慰了。你的身体也应注意，整天的忙不是办法。司机请到了没有？与其旅行忙，不如在家休息。

胡肇春血压表可否由姨妈带回？他已得到海关的批准，税率只是百分之二十五，到深圳时交与海关，由海关通知胡缴税领取。如姨妈十一月底不能回来，胡可以向海关请求展期。胡怕你对海关的信字不认识，另照录一张一并附上。如有便人带至深圳邮寄也可。

商老先生的印书款不必由你垫付，他近来写字的润笔不少。书十二月才印好，大致可不用借款，即使差三几百元，由蔡小姐垫付。

《金陵春梦》大概是香港邮局扣留，我以为广州邮局扣留，故请学校派人到海关了解，海关查得未有扣留事。瓘说可以借给我看，你不用再买。

我大概明春要到北京开甲骨编辑会，施手术可能推迟到夏天。我现在除每天多几次小便外，眠食一切如常，工作八时以上，不见得累，我的身体也许比你还好。你不到医馆，少一点应酬不成吗？此问合家好！

父庚字　十一月十四日

有便叫食品公司带五公斤花生仁。将单寄来，以便领取。其余尚多，不必要。

【人物简介】

容庚

容庚（1894—1983），原名容肇庚，字希白，号颂斋，广东东莞人。出身于清末书宦世家。因古代“容”“颂”相通而取斋名为“颂斋”。在书宦之家良好的家庭环境熏陶下，他幼年时即熟读《说文解字》和吴大澂的《说文古籀补》。1922年，经罗振玉介绍入北京大学研究所国学门读研究生，毕业后历任燕京大学教授、《燕京学报》主编兼北平古物陈列所鉴定委员、岭南大学中文系教授兼系主任、《岭南学报》主编、中山大学中文系教授等。

【家书解读】

容庚写信给女儿表达对她深切的关心之情，认为女儿在工作之余，应该以身体为重，学会自我调节。一句“少一点应酬不成吗”道出自己作为父亲的关心之余，也表达了理解女儿工作上推不掉的应酬的无奈之情。信中容庚甚是关切自己购书的事情，可知其读书之强欲。此外还有些调皮之气，写信让女儿送些花生仁来。

为学

林则徐　训三儿拱枢

（训诫专心读书）

字谕拱儿知悉。尔年已十三矣，余当尔年，已补博士弟子员。尔今文章尚未全篇，并且文笔稚气，难望有成。其故由于不专心攻苦所致。昨接尔母来书，云尔喜习画，夫画本属一艺，古来以画传名者，指不胜屈，不过泰半是名士高人，达官显宦，方足令人敬慕。若胸中茅塞未开，所画必多俗气，只能充作画匠耳。若欲成画师，须将腹笥储满，诗词兼擅，薄有微名，则画笔自必超脱，庶不被人贱视也。

【人物简介】

林拱枢（1827—1880），字心北，福建侯官（今福州市区）人。林则徐第三子，妻为李彦章之女。1842年，林则徐遣戍新疆，林拱枢随往。道光二十五年（1845年）七月，林拱枢随林则徐到西安，冬天回福州参加童试。道光三十年（1850年），林则徐病逝。三年后，林拱枢丧服期满，由吏部引荐，以县学生赏举人，补内阁中书，升刑部坐办、主事、员外郎，后迁湖广司郎中，在刑部历事十余年。后升江南道监察御史，调任广西道，历署兵科掌印给事中，京畿道、山西道、河南道监察御史。

【家书解读】

此信由林则徐写给十三岁的林拱枢，指导其学业和兴趣的培养发展。信中林则徐以己身作例，告诫拱儿在这个年纪，父亲早已被推荐为秀才，而他现在却连做文章的水平都不高，应当好好刻苦读书，专心致志。信中还和儿子分享学习绘画的见解，告诫儿子画画本来就属于一种技艺，古今因绘画而声名显赫的多半是名人、雅士和官员。若是智慧未明，所绘的画必然很俗气，只能当普通的画匠。若想要成为一代绘画大师，必须学问渊博，诗词兼擅，画技笔法才能超凡脱俗。

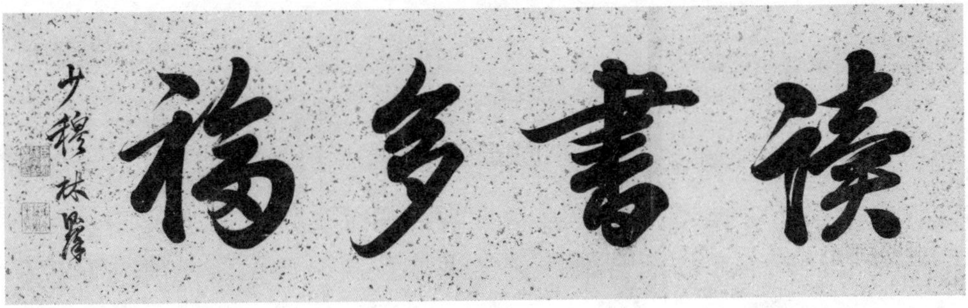

林则徐书法

梁启超　致梁思顺

（学问求其在我而已）

极盼汝姊妹兄弟团聚的来信，今得八月二十日信，知思庄已返，成、永正游大瀑，想下次信当令我满足矣。思庄英文不及格，绝不要紧，万不可以此自馁。学问求其在我而已。汝等都会自己用功，我所深信。将来计算总成绩不在区区一时一事也。我依然极忙，触想便写成几句寄去。二叔在山上，来信附寄。亦令汝等知工作之一斑也，现距葬礼仅八日矣。

爹爹廿四日

【人物简介】

梁思庄（1908—1986），出生于日本神户，祖籍广东新会，著名图书馆学家、中国图书馆学会副理事长。曾任北京大学图书馆副馆长，精通英、法、德、俄等多门语言。梁思庄是梁启超的次女。1925年，梁思庄随大姐梁思顺与即将在加拿大任总领事的姐夫周希哲一起前往加拿大读书。后分别获麦吉尔大学文学学士学位和哥伦比亚大学图书馆学学士学位。1933年，与吴鲁强结婚。1936年，到燕京大学图书馆工作。新中国成立后，任北京大学图书馆副馆长。1980年，梁思庄当选中国图书馆学

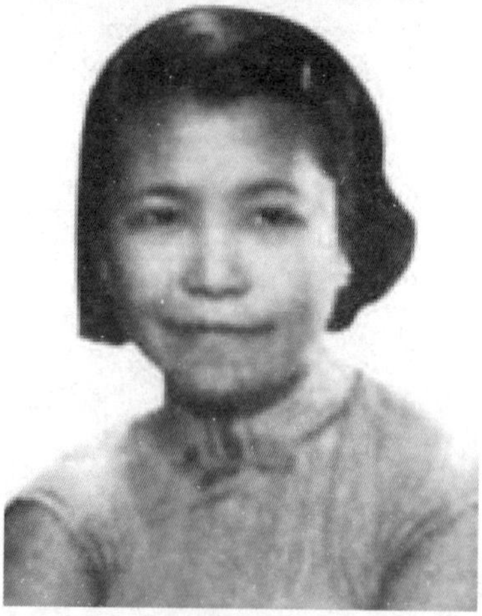

梁思庄

会副理事长，后又任名誉理事。

【家书解读】

该信由梁启超写给长女梁思顺。信中梁启超一如以往，毫不吝啬关心儿女来信的词语，且在心中谈及思庄的英文成绩，希望借思顺之口传达作为父亲的期许与鼓励，提醒她不要气馁，学习主要是靠自己努力，不可拘于一次小小测试便否定自我，应当坚持用功。从梁思庄其后的成长和成就来看，梁启超在育儿教女方面有着极大的耐心和精准的眼光。

梁启超　致梁思成、林徽音书

（在著述上造出将来自己的学术地位）

思成、徽音：

我将近两个月没有写“孩子们”的信了，今最可以告慰你们的，是我的体子静养极有进步，半月前入协和灌血并检查，灌血后红血球竟增至四百二十万，和平常健康人一样了。你们远游中得此消息，一定高兴百倍。

思成和你们姊姊报告结婚情形的信，都收到了，一家的冢嗣，成此大礼，老人欣悦情怀可想而知。尤其令我喜欢者，我以素来偏爱女孩之人，今又添了一位法律上的女儿，其可爱与我原有的女儿们相等，真是我全生涯中极愉快的一件事。

你们结婚后，我有两件新希望：头一件你们俩体子都不甚好，希望因生理变化作用，在将来健康上开一新纪元。第二件你们俩从前都有小孩子癖气，爱吵嘴，现在完全成人了，希望全变成大人样子，处处互相体贴，造成终身和睦安乐的基础。这两种希望，我想总能达到的。近来成绩如何，我盼望在没有和你们见面之前，先得着满意的报告。你们游历路程计画如何？预定约某月可以到家？归途从海道抑从陆路？想已有报告在途。若还未报告，则得此信时，务必立刻回信详叙，若是西伯利亚路，尤其要早些通知我，当托人在满洲里招呼你们入国境。

你们回来的职业，正在向各方面筹画进行，（虽然未知你们自己打何主意）一是东北大学教授，（东北为势最顺，但你们去也有许多不方便处，若你能得清华，徽音能得燕京，那是最好不过了。）一是清华学校教授，成否皆未可知，思永当别有详函报告。另外还有一件“非职业的职业”——上海有一位大藏画家庞莱臣，其家有唐（六朝）画十余轴，宋元画近千轴，明清名作不计其数，这位老先生六十岁了，我想托人介绍你拜他门（已托叶葵初），当他几个月的义务书记，若办得到，倒是你学问前途一个大机会。你的意思如何？亦到家以前先用信表示。你们既已成学，组织新家庭，立刻须找职业，求自立，自是正办，但以现在时局之混乱，职业能否一定找着，也很是问题。我的意思，一面尽人事去找，找得着当然最好，找不着也不妨，暂时随缘安分，徐待机会。若专为生计独立之一目的，勉强去就那不合式或不乐意的职业，以致或贬损人格，或引起精神上苦痛，倒不值得。一般毕业青年中大多数立刻要靠自己的劳作去养老亲，或抚育弟妹，不管什么职业得就便就，那是无法的事。你们算是天幸，不在这种境遇之下，纵令一时得不着职业，便在家里跟着我再当一两年学生（在别人或正是求之不得的），也没什么要紧。所差者，以徽音现在的境遇，该迎养他的娘娘才是正办，若你们未得职业上独立，这一点狠感困难。但现在觅业之难，恐非你们意想所及料，所以我一面随时替你们打算，一面愿意你们先有这种觉悟，纵令回国一时未能得相当职业，也不必失望沮丧。失望沮丧，是我们生命上最可怖之敌，我们须终身不许他侵入。

《中国宫室史》诚然是一件大事业，但据我看，一时很难成功，因为古建筑什九被破坏，其所有现在的，因兵乱影响，无从到内地实地调查，除了靠书本上资料外，（书本上资料我有些可以供给你，尤其是从文字学上研究中国初民建筑，我有些少颇有趣的意见，可惜未能成片段，你将来或者用我所举的例继续研究得有更好的成绩。）只有北京一地可以着手。（幸而北京资料不少，用科学的眼光整理出来，也很够你费一两年工作。）所以我盼望你注意你的副产工作——即《中国美术史》。这项工作，我很可以指导你一部份，还可以设法令你看见许多历代名家作品。我所能指导你的，是将各派别提出个纲领，及将各大作家之性行及其时代背景详细告诉你，名家作品家里头虽然藏得很少，（也有些佳品为别家所无），但现在故宫开放以及各私家所藏，我总可以设法令你得特别摩挲研究的机会，这便是你比别人便宜的地方。所以我盼望你在旅行中便做这项工作的预备。所谓预备者，其一是多读欧人美术史的名著，以备采用他们的体例。关于这类书认为必要时，不妨多买几部。其二是在欧洲各博物馆、各画苑中见有所藏中国作品，特别注意记录。

回来时立刻得有职业固好，不然便用一两年工夫，在著述上造出将来自己的学术地位，也是大佳事。

你来信终是太少了，老人爱怜儿女，在养病中以得你们的信为最大乐事，你在旅行中尤盼将所历者随时告我（明信片也好），以当卧游，又极盼新得的女儿常有信给我。

四月廿六日　爹爹

清华教授事或有成功的希望，若成功（新校长已允力为设法），则你需要开学前到家，届时我或有电报催你回来。

廿八日又书

【人物简介】

林徽因与梁思成

梁思成（1901—1972），籍贯广东新会，生于日本东京，毕生致力于中国古代建筑的研究和保护，是建筑历史学家、建筑教育家和建筑师。梁思成曾任中央研究院院士（1948年）、中国科学院哲学社会科学学部委员，参与了人民英雄纪念碑、中华人民共和国国徽等作品的设计。

林徽因（1904—1955），福建闽县（今福州）人，出生于浙江杭州。原名林徽音，后因常被人误认为当时一男作家“林微音”，故改名“徽因”。

中国著名建筑师、诗人、作家，人民英雄纪念碑和中华人民共和国国徽深化方案的设计者之一。20世纪30年代初，同梁思成一起用现代科学方法研究中国古代建筑，成为这个学术领域的开拓者，后来在这方面获得了巨大的学术成就，为中国古代建筑研究奠定了坚实的科学基础。文学上，著有散文、诗歌、小说、剧本、译文和书信等，代表作有《你是人间四月天》《莲灯》《九十九度中》等。

【家书解读】

此文是梁启超写给新婚夫妇梁思成和林徽因的家书。可以看出，梁思成对于子女成家的高兴和立业的担忧。梁启超作为长辈，先是表达了对“女儿”——林徽因的喜爱，又提出作为父亲，希望两个孩子能够保重身体，和睦相处。而梁启超用了几乎一半的篇幅来告诉孩子们关于在国内立业的不易及其如何应对的措施，说明梁启超作为父亲十分体贴细致。

黄节　致李韶清

（此书教学子以亡国后做人之方）

余近年笺诗，所最用心者为变风变雅两种，惟尚未全功。明年拟讲顾亭林诗，近已着手笺注，殚心力，此书教学子以亡国后做人之方，及播散吾汉族恢复失地之种子，视他书尤为切要。

【人物简介】

黄节（1873—1935），名晦闻，字玉昆，号纯熙，广东顺德甘竹右滩人。少时悉力学文，师事同邑理学大儒简朝亮。后与同学暨同乡邓实及江浙名士在上海组织以攘夷复汉为主旨的“国学保存会”，广泛搜集明末遗民的著作，于该会的“藏书楼”收藏清代“禁书”二十余万卷。与此同时，创办《政艺通报》，主编《国粹学报》，刊印《风雨楼丛书》《古学会刊》，着力阐发顾炎武、王船山的民族精神，表彰陈子龙、夏元淳的英勇气节，同章炳麟在日本东京主持的同盟会机关报遥相呼应，于学界、政界影响甚大。辛亥前夕，积极参与柳亚子、陈去病、高天梅等酝酿和建立革命文学团体“南社”的工作，成为该社的早期成员和中坚分子。民元以后，不忘初志，曾致书“筹安会”，反对袁世凯当国。二次革命失败，思想渐转保守，情绪渐转消极，曾辞绝孙文聘为秘书。后期潜心于教育事业和学术研究，先后任广东省教育厅厅长、通志馆长，执教于广州高等学堂、北京大学、清华大学。九·一八事变发生时，目击国难当头，常发激昂慷慨言辞，故有“热血男儿”的美誉。

李韶清是黄节的女婿，女儿黄韶笙的丈夫，是广东文史馆馆员。

【家书解读】

九·一八事变，东北沦陷，华北岌岌可危，黄节悲愤沉痛，作《书愤》诗二首。1931年10月5日也又作诗云："危城昏语夜堂堂，辍讲程门有去方。不惜此身亡乱际，北风犹说第三章。"黄节身处危城，忧国忧民。12月，黄节致函女婿李韶清此信，表达自己立志为教育救国尽绵薄之力。

陈垣　致陈约

（入门要紧，不可走错门路）

书画是相因的，能书能画，是大佳事。但入门要紧，不可走错门路。不懂犹如白纸，尚可写字，入错门路，则犹如已写花之纸，要洗干净，难矣。学怕无恒，凡学一事，必要到家。或作或辍，永无成功之可言也。胸襟要广阔，眼光要高，踏脚要稳。我暂时不能回粤，何以对祖母说，真难真难，善为我说只。

十月廿三日。

我前寄归汝之《故宫周刊》，是好东西。见你不甚注意，故不再寄了，知你未能领会也。

【家书解读】

此信由陈垣写给幼子陈约，提醒儿子正确的学习入门方法最为要紧，告诫他坚持才能学有所成，不可轻言放弃；志向高远但须功夫扎实，勤勉学习。虽为极平常浅显的为学之道，但又有几人能够扎实践行呢？陈垣字字真切，细致用心指导远在千里之外的儿子，启示后人对待子女的关爱不能仅停留在物质之上，而要在做学问、立业上尽己之力点拨提携。

陈垣书法

叶剑英　给叶楚梅的信

（继续着你们的学习，我很高兴）

亲爱的梅儿：

收到你最近的信，是一九四九年四月二十一日的。知道你养病已经恢复了健康，增加了体重一公斤，也增加了血，又在继续着你们的学习，我很高兴！

女儿：爸爸很对不起你，你来很多信，都没有答复。我知道远处在遥远的虽然是很自由的国家里，由于言语、习惯，等等，自然要增加一些对祖国的怀念，何况祖国的人民，正在以千万倍的信心和勇气，来打断快要挣断的锁链的时候，不断的胜利的狂风，吹到了远远的西方的时候，你们的心情，爸爸是很知道的。女儿！让爸爸们，把新民主的地基，铲得平平的，让你们后一代，加工的把我们的祖国，建筑起一座自由、快乐、文明、进步、庄严、华丽的世界。你们不能逃避这一责任，你们必须完成你们这一代的责任。因此，当着你们还在学习时期，就应该全心全意地为建设我们完全新的中国而努力！

女儿：我考虑过，也和哥哥商量过，主张你学农业。因为现在才开始学医，时间太长，恐学不好。不过这仅仅是提供参考的意见而已。不过我另一种想法，不管学哪一门科学，首先要把俄文学个精通，那么，虽然在学校里没有学得很完全，出校以后，仍可自己继续研究的。

我在北平学习市政，跳下水去学泅水，时间还很短，学得还不多，我拟努力的学习下去。这也是一件不很容易的科学。

我写这封信时，正值刘宁一同志等快要出国，拿护照来签字的时候，匆匆写一封信，托宁一同志带给你。此时妞妞上学未回来，因此，你的妹妹就没有写信给你了，下次再给你寄信。

祝你

健康进步！

你的爸爸

27. V. 1949. 北平

【人物简介】

叶剑英（1897—1986），原名叶宜伟，字沧白，广东梅县人。中国伟大的无产阶级革命家、政治家、军事家、战略家，中华人民共和国和中国人民解放军的缔造者和领导人之一，中华人民共和国十大元帅之一。1917年入云南讲武堂学习，毕业后追随孙中山投身民主革命。1927年7月秘密加入中国共产党，为发动南昌起义做了重要工作。随后又与张太雷、叶挺等领导了广州起义，任起义队伍副总指挥。历任中央革命军事委员会委员兼总参谋部部长、中国工农红军学校校长等职。新中国成立后，历任中央人民政府委员、中央人民政府革命军事委员会副主席、全国人大常委会委员长、中央军事委员会副主席、广东省人民政府主席等职。

叶楚梅，叶剑英长女，1928年在香港出生，从出生到1937年九年间，与叶

1950年，叶楚梅（右一）在苏联留影

剑英始终分隔两地，无从见面。1945年，17岁的叶楚梅被接到延安，与叶剑英团聚了才一个月，就被送到冰天雪地的东北接受磨炼，成为一名东北民主联军的战士。1948年，叶楚梅被党组织送到苏联去学习。

【家书解读】

1948年，叶楚梅在苏联学习时不幸染上了肺结核，虽然她不得不住进医院，但一直奋发自学并参加学校组织的统一考试。叶剑英给女儿叶楚梅写此信时，她病情有所好转，正迫不及待重返校园继续学习，叶剑英不断鞭策和鼓励病中的女儿，给她树立革命信心以战胜一切困难，字里行间满载着对女儿学成归来、为国家建设做贡献的殷切期待。

沙文求　致嫂子陈修良

（飞向“火星”的教师）

道希：

来函收到可有三天了，前日动笔作复，以诸事之纠缠不曾竞功，今天也不去继续了，还是另写一回畅快！

没有接到你这一次来信的前几天，我已经写好了一封信拟寄武昌，但因邮费无着，不能不搁在抽屉中，等到你“跳到上海”的消息传来了，我才知道即使把前书已经付邮也是空劳。

你到上海了，去年今日你也是在上海。去年今日的上海和今年今日的上海不过是半斤八两，但是去年今日的你已不是今年今日的你了——你自己也承认的，出洋以后有多方面的进步。这一点是我为上海而惆怅，为你而庆幸的。

来书说“我还希望在大学读书”那句话不对。我记得很早已经对你申辩过了，为什么你还不曾明白我的意思？在我自省时，我还以为自己恐怕太轻视学校生活了，不过细想起来又觉得不至于。忠实地告诉你，我自出效实后很相信自学要比进一个普通的大学有价值，只因有种种的掣肘所以不能毅然见诸实行。入“上大”是哥哥重视社会偶像的作用；进“中大”是生活萎枯时的一种流转，只有投考复旦理科是自己严格决定的。那时的愿望是想由复旦转学“北大”去研究最渴望的理论物理学。请你不要笑！我对你说，我生平很想把人生求得一个美满的根本的解答。但是这又不能不先有一种正确的宇宙观，而宇宙观只能从科学的方面尤其是物理的方面去努力方能正确。我在中学时代，因生活中很多激刺，心神常在一种激荡的状态中，所以虽然对于数理学有酷爱的性情，也不能有殷勤的努力。所以我在中学毕业后，实际上，数理的根底很是薄弱。但是我那时的思想既如上述，同时又于社会科学毫无研究，同时又对于一般的漠视宇宙人生而役之于金钱生活的人们发生了强烈反感，因此分外使我坚信自己当时的思想而去实行。在复旦的半年可说是不顾“手足”之赤寒而作辛苦（精神方面的）之战争。这样忍心的苦战只是因为认科学（狭义的）为最不朽的学问而作“向太阳”之“飞”。这也算是我根据理智而不肯苟且的努力，虽然在今思之，那时的认识事物是有很多的疏忽，但是我终是忠于理性并且与理性融而为一。并且，我现在还深信太阳是飞得到的。不过现在因有新增的认识因之志愿不能不受其影响。现在的志愿，与其直接飞向太阳，毋宁先向火星。所谓新增的认识主要的，不消说，是社会的认识。在从前我只觉得认识社会的重要决不亚于认识宇宙的重要，但是不曾有认识；现在敢说有了相当的认识了。生活不过是应付事物的一种活动，如果事物能够认识得清楚，应付的方法就算不得什么大问题。现在“太阳”和“火星”，在大体上我已认识清楚了，因此我的应付方法，在大体上也决不至于错误。当我飞向“太阳”的时候，我觉得非借助于学校不可；当我飞向“火星”的时候，又觉得非脱离学校不可。飞向“火星”时之毫无踌躇地摒弃学校，只于拟向“太阳”时之忍痛苦争地走入学校，都无非为服从理智的判断，决不为世俗偶缘所囿。我自信如此，问道希能信我否？

（知，情，意之类的名词都是唯心的哲学家所最喜道的，但是我们在说明个性的时候采用之自有充分的价值，虽然我们不是唯心哲学的信徒。）

我早已不只决心出洋，实行出洋了。但你赴柏林，我赴康士坦丁堡，所以出洋期中的进步，即使你我的天资相等，我决不能和你相比拟，何况你的出发期又要早过于我。道希你老顺风！我祝你顺风！我想你也必定会祝我的顺风，可怜我恰不顺风！但是无妨，不顺风由它，出洋由我。鹞子要是畏风，还能飞渡大海搏击鱼雁吗?！

啊！且休大意！要达到不畏风的目的，毕竟要有御风的伎俩才胜。在目前这样暴风雨之下，究竟用怎样的伎俩去御驶呢?

我不主张立时回浙。因为：（1）有许多有用的书籍不能不委弃（你的，我的，姜君的，张君的都有）；（2）又要向大哥索旅费，我从前已郑重对他说明以后不再拿钱；（3）有一部分乡亲是不能重见；（4）在回来后未必有多大的工作可干（这一点比较不重要），不回乡有两条路，入伍和另找职业（自然他方面还要干些事）。在前周我本已决意入伍，但是现在这个主意不能不放弃，因为当局对于入伍生猜疑异常，前几天已彻底地缴了军械。所以现在的办法是再找职业。如果能够找到，最低限度要积聚一笔回沪的旅费；或者，工作能顺利时就向前赶去；或者，工作不甚顺利也就暂留此间看些书，看以后局面如何再立主意。目前我新的职业还未找到，仍在康矛中学当教职。近数日来我们是分专责教授固定的部分，不像从前互相通融。

文求

八·廿二

【人物简介】

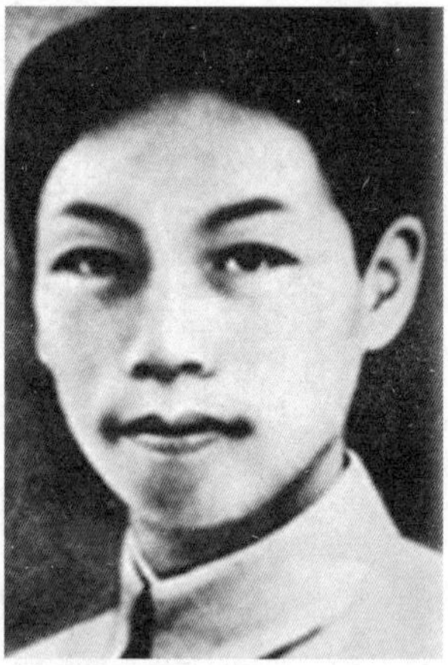
沙文求

沙文求（1904—1928），又名仲己、端己，化名史永。浙江鄞县人，是早期中国共产党优秀党员，广州起义后牺牲的著名烈士。1925年春，进入上海大学学习，受瞿秋白、邓中夏等同志的启发，开始接触马列主义。同年秋，转入上海复旦大学。五卅惨案发生后，沙文求参加了当时有名的南京路示威游行，同年底加入中国共产党。1926年受党指派，回故乡发动与组织农民运动。北伐战争中奉调赴广州，在中山大学与陈铁军等革命者一起与校长戴季陶展开斗争。“四一二”政变后，转入秘密活动，根据党的指示谋划广州起义，任赤卫队长等职。起义失败后，化名史永，任共青团广州市委秘书长。1928年8月被捕，牺牲在广州红花岗，时年24岁。

陈修良（1907—1998），又名道希，沙文求的嫂子，广东大学时的同学，浙江宁波人。1926年加入中国共产主义青年团，次年转入中国共产党。曾任汉口市委宣传部秘书、江苏省委妇委书记、《新华报》总编辑；新中国成立后，历任中共上海市委组织部副部长、全国妇联华东区工作委员会副主任、全国妇联第二届执委、浙江省委宣传部代部长、上海社会科学院顾问。1988年，陈修良离休，晚年抱病写下一百多万字的回忆文章，为曾遭到不公正待遇的同志平反做了许多工作。

【家书解读】

这是沙文求在白色恐怖时期写给嫂子陈修良的信，信中将学习科学知识比喻成“飞向太阳”，将离开学校参加革命比喻成“飞向火星”，他表明自己坚定的革命决心，从科学知识的学习转至认识社会、改造社会的实践学习。他清醒认识到在课堂上学习到的科学知识不能解决社会的现实问题，只有走出校园，参加革命，才能拯救水深火热之中的中国。

立业

陈献章　诫子弟书

（大抵能立于一世，必有取重于一世之术）

人家成立则难，倾覆则易。孟子曰："君子创业垂统，为何继也。若夫成功，则天也。"人家子弟才不才，父兄教之可固必耶？虽然，有不可委之命，在人宜自尽。

里中有以弹丝为业者。琴瑟，雅乐也，彼以之教人而获利，既可鄙矣，传于其子，托琴而衣食，由是琴亦微而家益困，展转岁月，几不能生。里人贱之，耻与为伍，遂亡士夫之名。此岂尝为元恶大憝而丧其家乎？才不足也。既无高爵厚业以取重于时，其所挟者率时所不售者也，而又自贱焉，奈之何其能立也？大抵能立于一世，必有取重于一世之术。彼之所取者，在我咸无之，及不能立，诿曰："命也。"果不在我乎？人家子弟不才者多，才者少，此昔人所以叹成立之难也。汝曹勉之。

【家书解读】

这篇家训是告诫子弟立家的窍门，很有独到之处。开篇就说，世人之家立时难，败则容易。别人家的子弟有才无才，虽然有父兄教育的原因和不可违的命运，但关键还是在于自己。接着，举了一个以弹琴为业，将其技传给儿子又终于受穷的例子，警示子弟要有自己的专门技能，才能立于不败之地。他所强调的，表面上看是创业和守业的关系，实质上是人才的培养和事业的开拓。

郑观应　与子侄论商务书

（今之世界一商务竞争之世界）

今之世界一商务竞争之世界。商务盛之国则强；商务衰之国则弱。我国商务不能及泰西各国者，固由于缺商本、无商学、乏商才，其彰明较著也。然其中不及西人之点颇多，兹就人所易忽而易犯者例有十二条亟为录出，非惟汝辈所当知，即凡经商之人亦不可不知也。

一、办事时决不饮茶，故其事务室中不见有茶碗等物，客至亦不供茶，即纸卷烟亦不酬应。二、计算价值无不用铅笔及纸，顾客问价则将某物数量若干，定价若干，运费若干，关税若干，扣折若干，巨细靡遗记载于纸。无论何时，无论几次，莫不一律。三、办事之人告假甚少，至不得已而告假。若为日较久则另请代理。所定办事时刻遵守极紧，自始至终决无五分之差。四、行中所雇佣仆决不以个人私事擅自驱遣，若司理人以私事差遣仆人，亦须表感谢之意以明乎职员及个人之别，就义务言则可以指挥，就个人言则何所区别，盖实行平等主义也。五、入事务室即脱外套就席办事，对于邻席朋友不作无谓之寒暄，至于高谈阔论、笑语惊人更无论矣。就席以后，非至一定时刻决不离席，亦不预闻邻席所办之事。六、公私混淆，世人通弊。社长司理人指使职员命以个人私事，或职员于办事时间内处理私事，下及僮仆亦乘间偷闲，是诚营业者之大患。欧人则公私判然，无此弊习。七、迁延为人情之常，半日可毕之事延至一日，费光阴于无用乃最卑下之性根也。欧人则否，就时办事，一事既毕更进而另办他事，不懈怠也。八、凡办一事，空论过多，于办事上无甚益处。欧人不尚空谈，其书函往来，于主要事件以外决不杂陈他事，其在事务室时，彼此接洽事务语亦简明，客至于应议各事外无多言。九、一人所办之事，其人各负责任。即司理人不在事务室中，不加监察，断不偷闲忽略。忽而呼茶，忽而欠伸，忽而吸烟，皆欧人所绝无者也。十、欧人最重公德心，虽行中一纸一笔之微细，不肯浪费，时以公司之经济为念。十一、在事务室若将簿籍彼此移动，则办事必致紊乱。欧人无此恶习，何簿置于何柜，何书置于何架，有整然之规定。司理人欲调查某次帐〔账〕目，必至管领此簿籍者之前亲自检查，阅毕仍置原处。十二、事务所非公事不会，如有紧急私事，即会晤仅谈数语而已，诚恐延误公事。以上十二条我国商人多不遵守，亦商战失败之原因也。

他如立妾一事，官界无论，即以商界言之，凡月中入息稍丰者恒置一妾，如妻妾有美容而无贤德，嫡庶不和，只知装饰，互相要求宴会逸乐，不知勤俭量入为出，即岁得数千金亦不敷开销，况所入不及此者，欲求素位而行不可得也。故读书未毕业、或毕业无俯畜之资者勿急娶妻。欲娶妻须求淑女。虽有家财，非四五十岁无子者不可立妾。西人则莫不顾名誉，洁己从公，勤于职事，固无纳妾之累。且闻英商太古洋人各司事非有岁入五百磅之薪金不准娶妻，故入能敷出，无意外之虞，一副精神专注于商务中，安得不蒸蒸日上。中商所以不能与西商相角而每入于天演之旋涡，此又一原因也。

总之，内而处家，外而经商，宜存一其慎其难之心。孔子曰：谨而信。诸葛一生惟谨慎。西儒斯迈尔曰：世人恒情往往忽于细微之事，寻常出纳之数不能一一登录簿册之上实大误也。不知积如许之小计算而成大计算，有记录斯有比较，有比较斯有戒惧，审之、慎之，财不滥使，毋使入不敷出，诚能本此以处家以经商，何有失败之虑？汝曹宜志之。

【家书解读】

“商务盛之国则强；商务衰之国则弱”是郑观应要告诫子侄们的最重要的事情。商才既是立业之才，也是救国之才，子侄若是能在此下功夫，定能有一番作为。信中详细地将经商十二条法则一一列举，以为子侄提供学习的蓝本，其谆谆教诲，用心至极实令人叹服。同时反映了郑观应自身不断精进业务、勤勉奋斗的精神。

羅浮偫鶴山人詩草卷一

寓意吟上　　香山鄭官應陶齋

俠客行

有客虬髯容貌異冒雪颷來策蹇衛揖我直上酒家樓邂逅天涯如夙契客言廿載事猿公珍重吳鉤未輕試斫地能令鬼魅愁亘天倏見長虹氣巨觥滿飲恣雄談意氣干霄絕儕輩酒酣拍案忽縱歌起立蒼茫拂衣逝街柝沈沈夜未央高秋一葉從空墜手提革囊擲我前取出頭顱血痕漬爲言此是負心人怨銜十稔今始遂瞥然蹻舉去無蹤使我舌撟魂魄悸攜首仰望心怦怦世事祇今多不平安得此君千百輩殺人如草不聞聲

羅浮偫鶴山人詩草　卷一

郑观应著《罗浮偫鹤山人诗草》影印版

孙中山　致孙眉电

（兄宜专就所长，专任一事）

孙寿屏大哥鉴：粤中有人议举兄为都督，弟以为政治非兄所熟习。兄质直过人，一入政界，将有相欺以其方者。未登舞台，则众人属望，稍有失策，怨亦随生。为大局计，兄宜专就所长，专任一事，如安置民军、办理实业之类，而不必当此大任。且闻有欲用强力胁迫他人以举兄者，以此造因，必无良果，尤不可不避也。弟文叩。个。

【人物简介】

孙中山

孙中山（1866—1925），名文，字逸仙，旅居日本时曾化名中山樵，“中山”因而得名。广东香山（今中山）人，中国国民党缔造者之一，伟大的民主革命先行者，三民主义的倡导者。1892年毕业于香港西医书院。赴檀香山成立兴中会，誓要推翻清朝。1905年在日本联合华兴会、光复会等革命团体成立中国同盟会，被推为总理。1911年10月武昌起义后，被推举为中华民国临时大总统。1912年1月1日在南京宣誓就职，宣告中华民国临时政府成立。1925年3月12日病逝于北京。

孙眉（1854—1915），字德彰，号寿屏，广东香山（今中山）翠亨村人，孙中山胞兄。孙中山倡导革命大业，得到孙眉物质、精神的支持和鼓励，对他的革命生涯起了极其重要的作用。孙眉后又参加革命，奔走广州湾（今广东湛江旧称）和香港两地，进行反清活动。

【家书解读】

孙中山1912年宣誓就任为中华民国临时大总统后，不少人鉴于孙中山的威望，想要推举孙眉为广东省督军，此年2月21日孙中山特向哥哥孙眉发去电函，劝诫其不要承担太过重大的政府官员责任。孙中山从哥哥的性格和政局的实际情况两方面分析，告诉哥哥“不必当此大任”。全文语言直白恳切，具有很强的说服力，展现了孙中山作为伟大的政治家有着清醒长远的政治眼光和公私分明、任人唯贤的品德。

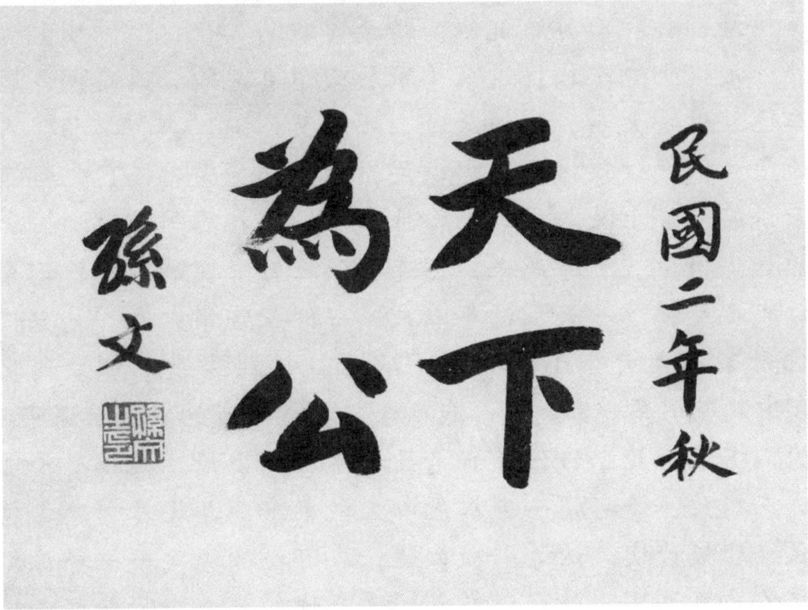

孙中山书法

梁启超　致顺儿书

（攒下那几个钱，最好是买七年长期公债）

宝贝思顺：

我告诉你一件事，令你吓杀！旧历初二日讲学社所聘杜里舒博士来津讲演，我往车站欢迎他，借李宾四马车坐去，才出到大马路交叉处，被街上电车横撞过来（事后回想真危险，真是间不容发，好在车已经过去大半，仅撞后轮，故不至伤），车撞坏了，人马俱倒在地上，但我仅仅擦破头皮少许，腿上微微酸痛而已。那日我仍在南开讲演，晚上又与张君劢、林宰平、丁在君等谈过通宵。初五日，你姑丈偕曼宣、孝高来，一连打了三日三夜的牌。他们今晨回京去。我足足睡了一天。过年以来，一件正经事未做，就只谈天顽耍。你母亲把大大小小的孩子（从七叔起到达达）都带到北京去了。家中只有司马懿和六六，我从今日起又做我的正经功课了。

你们攒下那几个钱，最好是买七年长期公债。此项公债现时价格不过三折余，计可得一分八厘以上之利息，其还本付息由总税司安格联经理极稳实。汝等若欲办此，我可托徐振飞一手替你们经营（将息作本再添买），我现在也托他，你们可以当附属品也。手此并问希哲春禧。

爹爹　廿四

【家书解读】

梁启超在告诉孩子自己身边最近发生的事情的同时，也在孩子理财方面给出了建议。他列出推荐的投资项目，并且简略介绍了其内涵，建议他们最好买七年长期公债，而且若是确有此意，还可为他们提供人选帮忙经营。今人在投资理财时，应多咨询长辈或专业人士的见解，才不至于出现严重亏损甚至负债累累的局面。

梁启超　致梁思顺

（凡生意总不能说一定有盈无亏的）

顺儿：

我有封长信给你们（内关于忠忠想回国事）。写了好几天，还没有完。现在有别的事，先告诉你。

现在因为国内太不安宁，大有国民破产的景象，真怕过一两年，连我这样大年纪也要饿饭，所以我把所有的现钱凑五千美金汇存你那里，请你们夫妇替我经理着，生一点利息，最好能靠这点利息供给庄庄们的学费，本钱便留着作他日不时之需。你去年来信不是说那边一分利以上事业，还很有机会吗？请你们全权替我经营，（虽亏本也不要紧，凡生意总不能说一定有盈无亏的，总之，我全权托你们就是。）过一两月若能将所有股票之类卖些出去，我还想凑足美金一万元哩。你说好不好。

久大本定期发息，广告早已出来了，因汉口将所有商民现金一概没收，久大便去了四十多万，今年不能发息了。此外无论何种事业都受影响。简单说，稍微有点萌芽的工商业这次都一扫而空了，党人只是和本国人过不去，专门替帝国主义者造机会罢了。

李柳溪回信寄上。

你们外交官运气也真坏，外交部好容易凑得七万五千美金，向使领馆稍为点缀点缀，被汇丰银行中国帐〔账〕房倒帐〔账〕，只怕连这点都落空了。

其余改天再谈。五千美金有一千由北京通易公司汇，有四千由天津兴业汇，想不久当陆续汇到。

五月四日　爹爹

【家书解读】

在这封信中，梁启超对于自己的现钱做出了理智的理财方案。因国内局势动荡，所以委托孩子将钱存到国外生利息，以供孩子们的学费和自己的养老。梁启超对于局势的判断及对于自己和孩子未来的打算非常细致，令人叹服。懂得理财才能更好地创造财富，大家可借鉴学习梁启超的做法，未雨绸缪，凡事考虑多几步。

梁启超　致梁思成书

（生活太舒服，容易消磨志气）

思成：

你的清华教授闻已提出评议会了，结果如何，两三天内当知道。此事全未得你同意，不过我碰有机会姑且替你筹画，你的主意何在？来信始终未提（因你来信太少，各事多不接头），论理学了工程回来当教书匠是一件极不经济的事，尤其在清华园，生活太舒服，容易消磨志气，我本来不十分赞成，朋友里头丁在君、范旭东都极反对，都说像你所学这门学问，回来后应该约人打伙办半个小小的营业公司，若办不到，宁可在人家公司里当劳动者，积三两年经验打开一条生活新路，这些话诚然不错，以现在情形论自组公司万难办到（恐必须亏本。亏本不要紧，只怕无本可亏。且一发手便做亏本营业，也易销磨志气。）你若打算过几年吃苦生涯，树将来自立基础，只有在人家公司里学徒弟（这种办法你附带着还可以跟着我做一两年学问也很有益），若该公司在天津，可以住在家里，或在南开兼些钟点。但这种方法为你们计，现在最不方便者是徽音不能迎养其母。若你得清华教授，徽音在燕大更得一职，你们目前生活那真合式极了（为我计，我不时到清华，住在你们那里也极方便）。只怕的是“晏安鸩毒”，把你们远大的前途耽误了。两方面利害相权，全要由你们自己决定。不过我看见有机会不能放过，姑且替你预备着一条路罢了。

东北大学事也有几分成功的希望，那边却比不上清华的舒服（徽音觅职较难），却有一样好处——那边是未开发的地方，在那边几年情形熟悉后，将来或可辟一新路。只是目前要捱相当的苦。还有一样——政局不定（这一着虽得清华也同有一样的危险），或者到那边后不到几个月便根本要将计划取消。

以上我只将我替你筹画的事报告一下，你们可以斟酌着定归国时日。

五月四日　爹爹

【家书解读】

梁启超在信中主要是为梁思成和林徽因的立业之事做谋划。我们既能读到父亲为了儿子细致的打算，同时又能看到他为林徽因的家事操劳的一面。不管是为长远计，还是暂时先安身立命，梁启超都做了周到详细的计划，同时又提出怕是大材小用的担忧。而关于孩子的未来，梁启超很开明地把决定权交给了他们自己。

朱执信　致朱秩如函

（日本之纸币跌价，乃世界的货币膨胀之结果）

四弟览：

来书已读，日本之纸币跌价，乃世界的货币膨胀之结果，不关于准备不足也。弟所拟办法不甚适当，后节两层则已转告友人矣。兄现因稍习俄语故忙，若印刷事则挂名耳。四舅舅来上海，未及一礼拜，即往粤。现正有筹备西南大学之议，就否尚未可决。若不就则大约仍须往欧一行。彦慈弟本月底乘法国船往法，三嫂大约下月分娩，并闻。即问

近佳　兄符沕。十一日。

【人物简介】

朱执信

朱执信（1885—1920），原名大符，字执信。汉族，祖籍浙江萧山，1885年10月12日生于广东番禺（今广州市越秀区豪贤街）。父启连，是当地有名学者，精通琴律，人称“琴王”，曾任张之洞幕僚。中国近代资产阶级革命家、思想家。1904年官费留学日本，结识孙中山、廖仲恺等革命党人。1905年8月，他被选为中国同盟会评议部议员兼书记。先后担任过《民报》《建设》等刊物的编辑，从事资产阶级革命理论宣传工作。1920年9月21日，他在虎门被桂系军阀杀害，享年35岁。

【家书解读】

在朱执信给弟弟朱秩如的信中可知，他对当时日本纸币跌价有着深刻的认识，从世界经济发展的角度看，这是通货膨胀带来的结果，而非仅仅一国纸币准备不足的结果。劝诫弟弟当改法从事，避免更大的损失。寥寥一百几十字中，充分展示了朱执信的丰富学识和敏锐的视觉。今人理财立业应多咨询、多研究。

黄少强　给长男缵绪的家书

（待人接物，更宜出之以真诚，忠于其事）

长男绪拜读。昨接佛山十姨函，夹来汝五月一日归禀一通，读后甚慰。若汝平安抵步消息，则予在乡六月一日已得知。盖二姑接其子秀峰家禀之所告也。汝函原五月廿九已抵佛山，则汝外祖母与十姨知汝安步又早于予矣。汝前在途寄归两禀均早得收，各情均悉，知汝旅程之苦，而费用不充，幸得遇鍢棣同学为汝度厄，闻之稍慰。故交友之道必以诚，而人心不古，又必待试金之石而后可以试人情之真伪也。以后于交友切宜慎自观察，勿为所累至要。而自己待人接物，更宜出之以真诚，忠于其事，夫然后个人之名誉事业乃有蒸蒸日上之望，否则吾不欲言矣。汝去后予曾两度去函七姨，云如汝急需请款，不妨照汇三五七百，待我在禅交还与岳母云。可知为父母者，无微而不至以念其儿辈也。如一时缓急，尚可向秀峰表叔处暂移三二百，如汝不能还，则函归由乡交还二姑婆便是，此亦一时急需之要。如无谓耗费，则以不借为佳，少用钱为上策。如汝有事做，尚需力事储蓄，以为他时之用，则前程乃无限也，万毋再蹈在港时之覆辙至要。若必需之费，则又难言，总之为人要有自制之力，而后有为也。月来乡间雨水太多，田淹去一部，将来收租必大减色，故下半年足食与否，尚成一问题，此汝不可不知者也，吾人惟有忧念而已。乡中自阿五去后，迄今都无另用别人，均由汝母领诸弟妹工作，日日习劳，若汝游子他乡，可不时思节约耶。汝如向七姨处请汇得款，本亦不妨领至五七百，姑以节约为主，则自己慎于存储，亦未尝不可，或随时请汇均由汝主意定之就是。吾家非丰，今仅足食，而尚欠六叔港纸七百余元。本欲予偕汝糊口在外，得谷以还债，今一时尚未能办也。畔塘田租由三宅中人往办，除在省住食杂用外，所得已照四宅均分，立礼份一百余元手票，予近依三叔填港屋息法，仍得七十元（下次六叔云要三份矣）。予不敢蓄此项，以添无谓之浪用，因即折大洋改折港大纸，竟尚可填还港大纸三百元之欠债，虽囊稿无余，自得至乐，予心亦得稍慰矣。今尚欠彼十元港纸二百元，又船票二百零元，其十元纸四百余元。此笔艮水较高，大约非大洋将二千元不能还此数，予无时不挂之于心，非早日清偿，于心不适。盖予以还债为第一义也，立信二字，可不念欤。汝尤当效法，则发名成业，将不难矣。

予里中得两诗，缘二姑告予谓汝已安抵曲江，喜而赋此，今录于后，一表心声。汝其知吾心否耶。

曝书老父尚村居，喜尔艰难达要渠。
憔悴京华曾自况，倘能奋志大门闾。
又
九年不至曲江隈，风度楼边梦几回。
我尚村溪图小隐，倚阑看剑泪痕开。

六月五日，父字示

【人物简介】

黄少强自画像

黄少强（1901—1942），原名宜仕，字少强，号止庐，晚号止翁。广东南海人，曾先后师事高奇峰、高剑父昆仲，兼修中西画学，20世纪20年代中期毕业于广州博文美术学校。自1926年开始，历任职于佛山市立美术学校、南海县立师范和广州市立美术专科学校。20世纪30年代中期，在广州开设“民间画馆”，组织“民间画会”。20世纪30

年代末期，因广州沦陷，避难香港，与何漆园、叶少秉等创办私立“香港美学院”，同时与何、叶共组“岁寒社”。香港沦陷后返回家乡，在佛山设“止庐画塾”教授学生，直至病逝于南海官窑小江村。

【家书解读】

父亲总是关心在远方的游子。信中黄少强反复提到儿子的来信自己已经收到，并且将他平安无事的消息告知家人。儿子出门在外，父亲总是要多多叨唠几句，关于择友的问题是重中之重，“交友之道必以诚，而人心不古，又必待试金之石而后可以试人情之真伪也”。不仅在交友方面需要谨慎，用钱方面也要取之有度，不可大笔消费。看着远游的儿子的信，老父的内心也波荡起想要再出去闯闯的激动心情，奈何年纪已大，只能做两首诗聊表心情。

睦家

湛若水　赠周世清表弟

（一体姑舅亲，譬之左右手）

尔之慈亲家，乃我表姨母；一体姑舅亲，譬之左右手。我幼依尔家，直至十八九；读书学尔叔，深衷自天诱。微此谁开先？终作田舍叟；及我显翰林，尔家运不偶。一兄罹祸罗，二老宵奔走；尚愧我力微，不能解纷纠。尔时在弱劣，讵意振周后；爱尔谨慎姿，贞此三尺守。怜义不怜钱，狱掾于公厚；三考入神州，通藉〔籍〕登选部。省祭归山田，衣冠贲幽牖；谁莫薄为吏，委吏宣圣受。曹参以封侯，安期以不朽？高卑不高卑，太山等培塿。

【家书解读】

信中，湛若水娓娓道来与表弟一家的亲密关系，回忆自己依靠表姨母一家的帮扶才得以成才，自己与表弟更是手足之情深重。但是时来运转，自己虽当上翰林，此等好运却没能让表弟一家也沾上，表弟的哥哥先是遭祸，表姨母这老一辈还得奔走求助。也恨自己能力不够，不能在此事的解决上起些作用。

湛若水　付男東之家书

（吾今为了事人矣）

父平安家书寄男東之。四五月以前，久不得尔书，甚怏怏。五六月以来，得尔三书，老怀甚慰。前二封乃曾伦所致，今日一封乃差来舍人，舍人亦未来见，止有家书一封，及西盘谢方黄徐诸封俱到。西盘止有拜帖求大书，俟书之以副其意也。此公有德气，语默动止，立心操行，皆可师法，尔常请教可也。已知公敬在文选，若只升部员外，可养病归也。俸浅恐亦未能升知府也。汝母冠服，我家已做成，三月间在家已上矣。尔此若未做，官中乏用，可已之。去年九月、十一月、今春，体皆欠安。三月痰晕吐泻，几不起，幸渐完复如初矣，不必远念。沙贝龙津及各坟墓祠堂庄所，俱已完，吾今为了事人矣。只欲尔升部图归，代我管家事耳。今年各庄租入，分付管者各照家训分送各人。近年人情上下日非，族中生事，乡里诈冒，名皆归我，忌者因起谗谤。念西樵昔年卜筑方毕，遂起赴京，未得饱居，埋没尘土三四十年。今老矣，栖栖何为？遂令人〔完〕灰砂石椁于天蚕岭，又令人起长生于广，每岁一漆，坚固免累子孙也。今年五月十六日，发愤携汝母入烟霞洞旧隐居之，甚适，有如死而复生也。又起云谷书院二层门楼，亭宇左有尊师堂，以祠白沙先生，右有会友堂，以为朋丽泽之地，已将成功，量在七八月也。于烟霞楼城上作左右两轩，常闭关处其上，三五日一开关，有客亦必待此日乃见也，否则不见矣。吾非不乐衣锦之荣、妻子之奉，来日无多，不得不然也，汝其知之！只望尔归管家行家训，令习熟不废，可免别人议笑于身后，如方、霍子孙叔侄纷争如仇也。昨十七日，府考发案，涞之名在第一等第十，湘之名在第二等第一，稍可慰怀。未知七月初二提学处考何如耳。念尔官中艰难，今李亚二收尔乙巳租，除还廷宝、沾甫外，令汝泽孙及继庆二人共送四十两一钱八分来汝用，尚有十余两，付汝母亲收。待尔归外，徽州婺源县洪觉山有书来，云已罢官，秋间欲来此讲学。吾今有书段令二人送去，或同他来，二人到南京三五日，可就差一舍人以公干送他到徽州觉山处，可赶九月未寒回家也。丙午七月。

【家书解读】

家人来信无论内容如何，都是一件令人高兴的事情。湛若水在信中让儿子向身边有学识有气度的人多多学习。还告诉儿子，自己前段时间身体不适，现下已经好转，无须担心。也向儿子提到自己总管家族之事，时不时有嫉妒之人、好事之人出言不善，但是，家族的责任不仅不能推卸，还当做得更好，以理服人。也希望儿子能早日归家，帮自己分担一二。

林则徐　致郑夫人书

（善为训诫可也）

来信俱已收到。大儿前有来信，云十月内将请假回籍，不再出门，甚善，余已复函慰之，须计十一月中旬当可抵家。家中如尚未接来书，可先一告长媳，此亦人情也。子嘉兄本定本月内回里，现应嘉应州发生盗案，因公牵累，年内恐未能卸身。但接来信，知夫人需款甚急，兹特先汇纹银三百二十两，年内当可支持也。余虽任高位，以耿介自矢，从不敢于额外妄取一文钱，以上不负君恩，下不负祖训。得钱不易，家中可省则省，即此三百二十两纹银，亦从节省中剩得，不能以一行作吏，即视钱如粪土也。三儿近况究属如何，前函已曾问及，何两信中仍未提及？次儿前日来信，云夫人身体欠佳，想系积劳所致？又闻长媳甚贤孝，此真林氏之幸。但夫人亦须善视之，吾林姓从无不慈之姑及不孝之媳者。明知夫人决不出此，所以又谆谆者，以夫人平日疾恶如仇，或以偶有不经意之处，而遽肆斥责。须知年轻人作事，总有一二不小心处，善为训诫可也。遽行斥责，殊令人难堪。夫人明慧心慈，当亦能体会及此，毋烦谆谆嘱咐也。大儿在京，每月只有八十两俸银，长安居不易，何能有余？余前在都中，亦曾备尝此苦，夫人当能记忆。现寄回三百二十两中，可分拨二十两与长媳，以作新岁赏赉之资，盖彼亦有开支，吾儿既无钱寄家，夫人当为之设法也。次儿身体已全复原，甚喜。科名身外物，得失寸心知，不必介介。惟今后益须努力用功，以期下次获隽。三儿明年须去应试，西席如有不慊意处，可托大伯父更物色一人。待师须丰厚，勿妄菲薄，爱子敬先生，非虚语也。冬寒风厉，身体务须珍重，勿使千里外之远人担忧也。

【人物简介】

郑夫人，即郑淑卿（1789—1847），福建侯官（今福州）人。晚号绛红楼老人，善诗书。出身官宦之家，父郑大谟，字青墅，乾隆五十五年（1790年）进士，官河南永城县令。淑卿为其长女。林则徐和郑淑卿结婚四十四年，恩爱笃深，一共生育八名子女，分别为长子林汝舟、次子林秋柏、长女林尘谭、次女林金鸾、三女林普晴、三子林聪彝、四子林拱枢、四女郑林氏（史书没记下名号，因林则徐四女嫁于郑葆中，故称郑林氏）。次子林秋柏和次女林金鸾相继夭折，故林则徐应有三子三女。道光二十七年（1847年）十月，郑淑卿病逝，岩栖大师应邀为其诵经超度。

【家书解读】

这是林则徐写给家中夫人的书信。全篇从大儿媳其人到对三儿子的前途设想，从对金钱的观念到劝夫人和谐睦家，家中事务，家中各人，事无巨细，全都考虑到了。他知道夫人对己对人都严格要求，提醒夫人大儿媳年轻，做事难免不周全，多加教导训示便是，不要大声责怪伤及情面。林则徐既有在理财方面的认真细致，也有在关照个人品性方面的体贴入微，可谓治家理财的高手。

郑观应　训儿女书

（不为天演所淘汰者，首贵自立）

处适者生存之时代而不为天演所淘汰者，首贵自立。然能自立矣，离群索居则不免有孤陋寡闻之诮，是又在得贤人以相助为理也，故择交不可不慎。择交既慎，则结纳皆贤，声相应，气相求，既能孚以道德；过相规，善相劝，自不入于邪淫。居家犹如同舟共济，必须和睦，所以张公教人容忍。书云："父为子隐，子为父隐"父子尚属如是，何况兄弟？兄弟有过，规谏不从，尤宜积诚相感，切勿起阋墙之衅。夫妇、妯娌亦然。至于勤俭，尤处家第一要义。无论贫富，若怠惰自甘，则家道难成。盖大富由天，小富由勤，勤而不俭，终难积蓄。人生处世如白驹过隙，大禹惜寸阴，吾人当惜分阴，故光阴不可虚度也。略述古之明训为尔等告之。

许真君云："忠则不欺，孝则不悖，廉而罔贪，谨而勿失，修身如此，可以成德。宽则得众，裕然有余，容而翕受，忍则安舒，接人以此，怨涤咎除。"先哲有云："凡人之生，无论贫富，自食其力。若藉父兄之庇荫，戚族之周恤，虽丰衣美食亦可耻也。"此勉人自立。

子奇年十八，齐君使治阿，既行，君以其少也，悔遣之，乃使使者追子奇，使者返报曰："子奇必能治阿矣，其共载皆贤人也。"子奇既至阿，厚抚其民，劝课农桑。会魏师至，阿人父牵子、兄率弟，以私兵出战，逐〔遂〕败魏师。此勉人交贤。

邵子云："天人感应之理，春气则万物发生，秋气则万物凋零，世所共知。人之和蔼如春气，人之恒怒如秋气，无论老少、男女、会友、御下，必须面有春气，和蔼迎人，方得兴旺；若骄傲凌人，时有怒容，面有秋气，衰败必矣。”此勉人和气。

人之一生，其犹一岁之四时乎：春风和煦，草木萌动，一童年之活泼也；夏雨时行，草木畅茂，一壮年之发达也；经秋成实，历冬而凋，则由壮而老，由老而衰矣。然冬尽春来，循环不已，而人之年华则一去不返，老者不可复壮，壮者不可复少。语曰：“时乎，时乎，不再来。”凡我少年其识之。此勉人要惜光阴。

凡此数条，尔等宜书绅志之，慎勿忽诸。

【家书解读】

郑观应深知适者生存之理，在此封家书中，尽己所能劝诫家人学自立，谨慎交友，为人和气，时刻谨记“时乎，时乎，不再来”，要珍惜光阴。通过自己的智慧见识，竭力帮助家人，使得阖家幸福和睦。花有重开日，但人无再少年，望他们在人间世事变迁之中，把握自己的点滴光阴，自强不息，茁壮成长。

康有为　复康同薇

（祖母何日返乡）

四禀俱收，惟皆迟两三日乃到。闻吾在澳七月所寄之书尚未到，信馆之误甚矣。七日内有数函极要，又十日寄一函复收书者，未知收否?

西南抵项，必是二公，吾安有此，可不理。阿悦若三姊已有处置，则听之；否则嘱其来澳，自有处置。祖母何日返乡？二姑应月支五两。三叔带回银百元若除交抬椅税，应七十，有收否？可敷各用，余俟设法再筹。

此间议西人甚多，彼亦极殷勤，并见其家妇，将来来住不患一切，语言文字不患不通也。汝现在仍以多读中书，学习中国文章，俾可充报馆主笔之才为最要。易一语言不正，又不能多来，此事少令勿来，或每日一点钟便可，不必专习西。璧更以多读书为先，西文从缓也。《时务报》可观，即学之。诸母、诸姑、汝母暨各人想安善。

【人物简介】

康有为（1858—1927），原名祖诒，字广厦，号长素，又号明夷、更甡、西樵山人、游存叟、天游化人，广东南海县丹灶苏村人，人称康南海。晚清时期重要的政治家、思想家、教育家，资产阶级改良主义的代表人物。康有为出生于官僚家庭，光绪五年（1879年）开始接触西方文化。光绪十四年（1888年），康有为再一次到北京参加顺天乡试，借机第一次上书光绪帝请求变法，然受阻未上达。光绪十七年（1891年）后在广州设立万木草堂，收徒讲学。光绪二十一年（1895年）得知《马关条约》签订，联合1300多名举人上万言书，即“公车上书”。光绪二十四年（1898年）开始进行戊戌变法，变法失败后逃往日本，自称持有皇帝的衣带诏，组织保皇会，鼓吹开明专制，反对革命。辛亥革命后，作为保皇党领袖，他反对共和制，一直谋划溥仪复位。民国六年（1917年），康有为和张勋发动复辟，拥立溥仪登基，不久即在当时北洋政府总理段祺瑞的讨伐下宣告失败。康有为晚年始终宣称忠于清朝，溥仪被冯玉祥逐出紫禁城后，他曾亲往天津，到溥仪居住的静园觐见探望。民国十六年（1927年）病死于青岛。著有《新学伪经考》《孔子改制考》《人类公理》《康子篇》等。

康有为

康同薇，字文僩，号薇君，康有为之女，生于1878年12月。1897年2月22日，维新派在澳门创办《知新报》时担任日文翻译，同时也是撰稿人之一。1899年，同薇与父亲的弟子麦仲华在香港结婚。

【家书解读】

这是康有为写给女儿同薇的家书，主要是交代一些家庭琐事，关心家里各人的近况。嘱咐同薇要好好读书，多读书，在保证自己有足够的知识积累之后，有余力也可以学习其他语言。并且向女儿推荐阅读《时务报》，从中接触了解和学习新理念。全文透露出一家之长对于家庭的牵挂，作为父亲对于女儿学业和将来的关心。

卢幕珍　致宋庆龄

（生活起居只要平安，全家幸甚）

庆龄您好：

一别数年，近来身体可好？你与逸仙在外奔波，非常辛苦，一定吃了很多的苦，姐姐我很是过意不去。逸仙皮〔脾〕气不好，常常惹你生气，你要多担待一下。他的胃病常犯，你让保姆多做些易于消化之食物为好。天气转凉，你要注意增加衣服。时局动乱，特务横行，要注意安全，警备要随从左右，万万不可大意。逸仙年纪已过中年，比不得年轻人，要劝其早睡早起，不要吸烟喝酒，对身体不好，要少参加宴会等活动，对身体有害且有害群众中的形象问题。令派阿燕女妞做你生活帮手，她很年轻不明事故，你要经常教导她明白事理，不要放任自流，严加邀〔约〕束。

近年来，家乡干旱，收成不佳，食物短缺，但还过得去，不必挂念。你们能照顾好自己，家人就放心了。近年来，我的老病常犯，腰腿疼痛难忍，久治无效，中药西药都吃，成效甚微。你们生活起居只要平安，全家幸甚，我们也就放心了，不多说了。

祝身体健康平安

姐：卢幕珍于灯下

农历冬月初二日于家乡

【人物简介】

卢幕珍（1867—1952），孙中山原配夫人。出生于累世积善的书香门第之家，父卢耀显曾漂洋过海至美国檀香山经商获富。1885年，中山先生与卢慕珍结婚，其时中山先生19岁，卢慕珍小先生1岁。卢氏诞下三名子女：孙科、孙娫及孙婉。由于卢氏自幼缠足，个性内向，所以孙中山到各处筹募搞革命时，往往不能一同相随。1915年，孙中山为娶宋庆龄，与卢慕珍协议离婚。1952年9月7日，卢慕珍老夫人与世长辞，终年86岁。

卢慕珍

【家书解读】

卢慕珍是孙中山的发妻，两人虽早在1915年已协议离婚，但她善良、淳朴的心中，总是挂念着孙中山，并告诫比宋庆龄还大的儿子孙科，要尊重宋庆龄。在孙中山奔走于革命事业的岁月，卢慕珍就像一位慈母惦念在外的游子，给宋庆龄写去一封信，字里行间虽没有支持孙中山革命的语言，但细致入微，字句真切，感人至深，表达了一位曾经的妻子对丈夫的关爱、对他的革命事业的理解。这封信中，她叮嘱宋庆龄要细心照料孙中山，此种关怀，如慈母一般，细致入微。

孙中山 致孙昌函

（设法筹款，供你及家属回国之用）

贤侄知悉：

我已于一周前安抵此间，并得顺利会见诸老友。你堂弟阿科现就读于圣雷学校（St.Louis College），同时在《自由新报》任译员。他中文程度甚好，现已是一个很大的男孩子。

我已开始设法筹款，供你及家属回国之用。不料今日接你父来电谓祖母病笃，需我立即汇款若干，因之，我必须首先听从此急迫的要求，拟于明日汇去港币一千元。故对你之所需不得不稍延，因我不可能同时兼顾。

此祝

阖家安好

叔孙逸仙　　一九一零年四月八日于火奴鲁鲁

【家书解读】

孙中山在忙于革命之余，给侄儿寄信，认认真真地解释不能兼顾其所需的原因。由此可见，他们叔侄关系非常亲密。信中还突显了孙中山对其母亲的关怀与孝顺，一听到母亲病急，他在焦虑慌乱之中稳住脚步，立马设法汇款，供母亲治疗。对后辈、对长辈，孙中山都细致入微，真心实意关爱他们，虽没法时刻守在左右，每一个行为却落到切实所需之上。

梁启超 致李蕙仙书

（得详闻家中近状）

南海师来，得详闻家中近状，并闻卿慷慨从容，词色不变，绝无怨言，且有壮语。闻之喜慰敬服，斯真不愧为任公闺中良友矣。大人遭此变惊，必增抑郁，惟赖卿善为慰解，代我曲尽子职而已。卿素知大义，此无待余之言，惟望南天叩托而已。令四兄最为可怜，吾与南海师念及之，辄为流涕。此行性命不知何如，受余之累，恩将仇报，真不安也。

译局款两万余金存在京城百川通，吾出京时，已全交托令十五兄，想百川通不至赖账。令兄等未知我家所在，无从通信及汇寄银两，卿可时以书告之，需用时即向令兄支取可也。闻家中尚有四百余金，目前想可敷用。吾已写信吴小村先生处，托其代筹矣。所存之银，望常以二百金存于大人处，俾随时可以便用，至要。若全存在卿处，略有不妥，因大人之性情，心中有话，口里每每不肯说出，若欲用钱时，手内无钱，又不欲向卿取，则必生烦恼矣。望切依吾言为盼。卿此时且不必归宁（令十五兄云拟迎卿至湖北），因吾远在外国，大人遭此患难，决不可少承欢之人，吾全以此事奉托矣。卿之与我，非徒如寻常人之匹偶，实算道义肝胆之交，必不能负所托也。

吾在此受彼国政府之保护，其为优礼，饮食起居一切安便。张顺不避危难，随我东来，患难相依，亦义仆也。身边小事，有渠料理，方便如常，可告知两大人安心也。

【家书解读】

1898年戊戌变法失败，梁启超逃亡日本，李蕙仙带女儿梁思顺避难澳门，梁启超的父亲梁宝瑛（莲涧）也带着其他家属一起避居澳门。当时境遇艰险，新会原籍家中虽然有查搜，但没有酿成大祸。梁启超惦念着家眷的安危，给李蕙仙写了很多信。信中详述了他与蕙仙相遇的那段生活经历，真切动人。

陈垣　致陈约

（对三叔要客气的）

约儿：

十六日来信收到。关于汇款至汕吃亏事，在收到款时，未即变了实物，并非汇错。如果不汇，又说不汇，令人难做。三叔最近来信说，“关于三宅款项事，可否交与约侄就近管理？”我以为人是会移动的，不若铺头是固定的，因此回信三叔，仍请三叔替我管理。信内说“我们儿子好几个，兄弟只有二人。后生辈如有三言两语，请置之，看我们兄弟面上，不必理他。他们儿女快长大，自己亦做人叔伯，好容易就尝到此等滋味也”等语。请你对三叔要客气的。我只有一个弟弟，是不能分离的。无论如何，我不能离开他，请你们说话要谨慎的，开口要和悦的，不要令他老人难过。切切，此示约儿。父字。七月廿五日。

小子读夏令，有必要吗？身体要紧，要等他一年中有一点休息，不必过笃之也。

关于汝母用度，已请三叔每月支与港币五十元。如在乡居住，有房有谷，当更宽裕，但未知习惯否耳？惟来信谓“在汕三年长，一向依赖约儿供给，分文未有交他”，此在汝母言之则然。但据港处开来账目，约在港所支之款，即有汝母款项包含在内，为数不少，似不是白食约的。此层约应告母，免使母心里难过为要。

【家书解读】

陈垣在信中劝慰儿子不要因为汇款的事情吃了亏而困于难处，还教导儿子在与老人相处时，说话应当多多谦让，不能让老人家觉得难过。最后建议小儿子要以身体为重。信中提到的对待老人要多加礼让这一点，正是现在许多人所忽略的。晚辈在老人面前理当谦逊，这是家庭和睦的生活智慧。

陈垣书法

陈序经　给子女的家书

（负起母亲的义务）

我年小而母亲逝世，对于母亲有深刻的印象，但因年纪太小，回忆较少。父亲是慈父，母亲去世后，他兼负起母亲的义务，又是我最好的老师。我在这里把有关于他而特别是与我的关系回顾一下，作为留念。

一九四八年十二月

曼仙、穗仙、其津、云仙、渝仙：

这是我关于你们祖父与祖母的一些回忆录。我年很小而祖母逝世，关于祖母，我记得不多；祖父对于我影响很大，故名为“父魂”。祖父去世时，曼仙既很小，而你们四位还未出世，对你们来说，留下一些回忆录并非没有意义。但这只为你们著，并非为外人道也。

爸爸

一九四九年春节

【人物简介】

陈序经（1903—1967），字怀民，广东文昌县（今属海南）人。著名的历史学家、社会学家、民族学家、教育家。1925年7月获复旦大学社会科学学院授予的学士学位，1926年获美伊利诺伊大学硕士学位，两年后再获该校博士学位，回广州岭南大学社会学系任教。1948年8月1日出任岭南大学校长，1956年任中山大学副校长，1962年任广州暨南大学校长，1964年调任天津南开大学副校长。1967年2月16日患心肌梗死，在南开大学逝世。著有《中国文化史略》《疍民的研究》《文化学概观》《南洋与中国》等。

陈序经

【家书解读】

陈序经在给儿女的信中透露出追忆父母的深情，奈何天各一方，只能靠单薄的回忆来弥补。家书中陈序经回忆起还年幼的时候，母亲就去世了，他对母亲有深刻的印象却又碍于年纪过小，无奈回忆较少。同时，他的父亲在丧偶后，既当父亲又当母亲尽心尽责地照顾他，是他的慈父良师。

处世

林则徐　复长儿汝舟

（训谕修学）

字谕汝舟儿知悉。接来信，知已安然抵家，甚慰。母子兄弟夫妇，三年隔别，一旦重逢，其快乐当非寻常人所可言喻。今将新岁矣，辛盘卯酒，团圆乐叙，亦家庭间一大快事。父受恩高厚，不获岁时归家，上拜祖宗，下蓄妻子，怅独为何如？唯有努力报国，以上答君恩耳。官虽不做，人不可不做。在家时应闭户读书，以期奋发，一旦用世，不致上负高厚，下玷祖宗。吾儿虽早年成功，折桂探杏，然正皇恩浩荡，邀幸以得之，非才学应如是也。此宜深知之。即为父开八轩，握秉衡，亦半出皇恩之赐，非正有此才力也。故吾儿益宜读书明理，亲友虽疏，问候不可不勤；族党虽贫，礼节不可不慎。即兄弟夫妇间，亦宜尽相当之礼。持盈乃可保泰，慎勿以作官骄人。而用力之要，尤在多读圣贤书，否则即易流于下。古人仕而优而学，吾儿仕尚未优，而可夜郎自大，弃书不读哉！次儿今岁可不必来，风雪严寒，道途跋涉，实足令为父母者不安。姑俟明春三月，再来未迟。吾儿更可不必来，家有长子曰家督，持家事母，正吾儿应为之事，应尽之职，毋庸舍彼来此也。父身体甚好，入冬后曾服补药一帖，精神尚健，饮食起居，亦极安适，毋念。元抚手谕。

【家书解读】

此信由林则徐写给长子林汝舟，劝诫长子不为官后，也要好好做事，认真做人，在家认真读书，以期奋发图强，上不辜负圣上的高恩厚情，下不玷污祖宗名声。而且要多关心问候亲戚朋友，重礼节，即便与兄弟、妻子之间也要尽礼数。在家主持家事要稳重守成，不要因为当官便骄傲气盛、夜郎自大，应认真服侍母亲。

郑观应　训长男润林书

（惟守清、慎、勤三字）

书云："自天子以至于庶民，一是皆以修身为本。其本乱而末治者否矣。"又云："守孰为大？守身为大。"今尔身羸弱，由急于丁财而不知修齐之道，是不知守身为大之旨，实舍本而求末。盖事有本末，物有终始，知所先后则近道矣。俗云：一分精神，一分福泽，而精神由于修养而来。余有生以来，素位而行，惟守清、慎、勤三字。守分安命，穷通得失听于天，然时运不齐，命途多舛，惟有忍耐顺受之而已。先贤蘧伯玉云："行年五十方知四九之非。"余年七十，益信其言之不谬。兹将身所经历及光哲之言择要七款为儿辈作前车之鉴也。

一、当此竞争之世，有强权无公理，君子道长，小人道消，多有口诵尧舜之言，而心行桀纣之行，若不细心体察，必为彼辈奸佞所欺陷也。余平日交友因爱其才华未知其心术，遂致受累，始知取人之道，须如书云："视其所以，观其所由，察其所安"，方悉真伪。盖友以辅仁，所以亲君子远小人则兴，亲小人远君子则败。观其友便知其人，盖其人端则其取友必端矣。

二、日中行事无论贤否亲疏，所收银钱必须当面点明，收藏妥当，不可草率乱放，恐顾此失彼，非惟忙中有错，且恐事过忘却也。所交银钱要件必须真正亲笔收条，不可大意，一则恐日后不认，二则备将来稽查。吕端大事不糊涂，诸葛一生惟谨慎，古之伟人尚且如此，何况我辈？《书》曰："其慎其难。"又曰："慎厥终惟其始。"孔子曰："谨而信。"又曰："敏于事而慎于言。"

圣贤于谨慎二字再三致意者，良有以也。

三、婚嫁尤须慎重。胡安定先生云：“嫁女必须胜吾家者，胜吾家则事人必恭必敬；娶妇须不及吾家者，不及吾家则事舅姑必执妇道。所谓娶妻求淑女须有四德，性情温良而又知治理家务者为上，不可徒以貌取人。常见有貌有才而无德者，不守家规不能服从，而丑声外露，盖冶容诲淫，故古人重德不重貌也。娶妾不宜多，多则不和，且伤身体，使费亦多。所以前复吴剑华书云：如年过四十无子方可娶妾。不可造次，亦因备尝其中苦处耳。迩来赌博日炽，而尤以麻雀为盛，靡不嗜之如饴，昔人博奕〔弈〕，不过酒后适兴偶一为之，稍知自好者，鄙为牧猪儿戏不屑为也。今则不论上下，专以赌钱为事，风俗败坏莫此为甚，甚至士夫之家设局开赌，引诱少年子弟，甜言巧语，哄骗富户，一入圈套，小则身败名裂，大则产破家亡。娼优臧获，对席并坐，只思利其财宝，绝不顾及体面，良心丧尽，廉耻全无，迹其起点，不过由于贪利之一念，可不惧哉！可不慎哉！

四、人欲谋生，必须勤俭。赵清献公诗云：“人生天地间，衣食谁不欲？己力不经营，日用安能足？成立最艰难，破荡极迅速。贫穷因懒惰，借贷遭耻辱。俭用胜于人，奢侈莫随俗。男若勤耕种，饿不愁无粟。女若勤纺绩，寒不虑无服。勿谓长少年，光阴如转轴。男长婚事迫，女大嫁亦促。双亲老将至，百费相继续。临期欲应用，闲时须积蓄。所费戒奢华，慎勿惮劳碌。”此诗宜三复也。

五、有容德乃大，厚德以载福。陈白沙先生云：“七情之发，惟怒为遽，众怒之加，惟忍为是。当怒火炎，以忍水制；忍之又忍，愈忍愈励，过一百忍，为张公艺，不乱大谋，其乃有济，如其不忍，倾败立至。”又云：“血气之忿，君子戒焉。由小不忍，获戾召愆，如火方星，勿使之然，忘身及亲，忍导于前，力克自制，神气和恬。”尹和靖谓：“莫大之祸，起于须臾之不忍。”富郑公弼训子弟曰：“忍之一字，众妙之门，若清俭之外更加一忍字，何事不可办？”时人有诟骂之者，弼佯为不闻，或告之，弼曰：“恐是骂他人。”曰：“明呼公名。”曰：“天下岂无同名者乎？”骂者闻之大惭。世间大福德人，必能容人之不能容。若器小福薄人，便蹶然而动矣。

六、湘乡曾文正《不忮不求诗》云："善莫大于恕；恶莫凶于妒。妒者妾妇行，琐琐奚比数。己拙忌人能，己塞忌人过。己若无事功，忌人得成务。己若无党援，忌人得多助。势位苟相敌，畏逼又相恶。己无好闻望，忌人文名著。己无贤子孙，忌人后嗣裕。争名日夜奔，争利东西鹜。但期一身荣，不惜他人污。闻灾或欣幸，闻祸或悦豫。问渠何以然，不自知其故。尔室神来格，高明鬼所顾。天道常好还，嫉人还自误。幽明丛诟忌，乖气相回互。重者裁汝躬，轻亦减尔祚。我告尔后生，悚然大觉悟。终身让人道，曾不失寸步。终身祝人善，曾不损尺布。消除嫉妒心，普天零甘露。家家获吉祥，我亦无恐怖。"又云："知足天地宽，贪得宇宙隘。岂无过人姿，多欲为患害。在约每思丰，居困常求泰。富求千乘车，贵求万钉带。未得求速偿，既得求勿坏。芳馨比椒兰，磐固方泰岱。求荣不知一，志亢神愈汰。岁一有时寒，日明有时晦。时来多善缘，运去生灾怪。诸福不可期，百殃纷来会。片言动招尤，举足便有碍。戚戚抱殷忧，精爽日凋瘵。矫首望八荒，乾坤一何大。安荣无一欣，患难无一憝。君看十人中，八九无倚赖。人穷多过我，我穷犹可耐。而况处夷涂，奚事生嗟忾。于世少所求，俯仰有馀快。俟命堪终古，曾不愿乎外。"所谓"事能知足心常泰，各有前因勿羡人"，即知足不辱，知止不殆，君子时中之意也。

七、处家贵和。尝闻父子、兄弟、夫妻、妯娌不和者，多由于不遂所求，各执一理，均意气用事，甚至一朝之忿亡其身以及其亲。凡事理应推己度人，易地而思，须降心息气，互相研究，方知他人难处。其所求与不能应所求者，两难之中权衡其利害轻重，以利多合理者为重，如仍不能决，即请亲族中老诚明理者公决，何庸争执以伤和气？设有不韪，势必至抱无涯之感耳。夫禹闻善言则拜，子路闻过则喜，人果能乐善改过，以圣贤之心为心，则争端自息。一室中自有太和气象，而家运亦从此兴矣。如职司其事，须尽知其事之利弊，方免为人朦〔蒙〕蔽。

以上七则皆前人名言，若积资可以仰事俯畜，当学先哲急流勇退，穷理尽性以致命。《晦迹潜修经》云："不求大道出迷途，纵负贤才岂丈夫”是也。以上先哲格言宜书诸绅、宜铭诸座，可以修身，可以处世，可以养生，汝念之毋忽。

【家书解读】

郑观应援引各家名言劝诫儿子于竞争之世，要亲君子远小人；在银钱一事上，要谨慎小心，样样当亲自过目，亲手核对记录；而且在婚嫁之事上要遵循古人所言，不可以貌取人，当惟贤惟德；在谋生方面，要谨记勤俭持家之道；在外行事，当以忍字为大，不可与人相争、与人互妒；在家则要以和为贵，为儿孝，为父慈。

康有为　复康同富

（汝且安静，以待事机）

七月二十日禀悉，大惊。汝所言七八年至交之人渠与汝旧交，与人更多旧交也，吾识之，岂可信，必败事。汝只可觅武人，要文人何用？汝糊涂若此，安能任事？又杨君汝为至交，何须多请酒浪费。又渠不过带数十人，亦不能安置汝为哨官帮带也。若非杨则他人安能信汝，虽有钱亦岂能俾汝为哨官帮带乎？汝不必萌妄想。前交汝之银不少矣，归去十余日，即在吾家取银，不可解。汝可在杨处从容静密结交其部下人，以候机会，勿与汝七八年之人见汝若与有言，可改口洗净。且谈杨既来归，然无力亦可任之。汝且安静，以待事机，大事亦非数百金及汝数人可办。汝且静候，无妄费、无妄言、无妄识人告密事，切嘱。一月用费无过十余金，则前金足数月费，吾亦不汇与汝亦无银存家中。复富侄。叔知名。八月三日。

【家书解读】

康有为该信写给侄儿康同富。无论是劝诫侄儿勿与友人过度请酒消费，还是建议侄儿“无妄费、无妄言、无妄识人告密事”，都体现着康有为对侄儿的殷切关注。我们在

康有为书法

交友的过程中要认真辨别哪些是酒肉朋友，哪些是至交好友，言行举止也要学会克己，在交往之中不撒谎，不要轻易相信所谓的秘密。

陈垣　致陈约

（注意注意，何谓颓放）

昨接汝信，想不复汝，心又不安，今早晨起，姑复汝一言。

一、我命汝写信尊辈，不可用草书，最好用行书。此语不知说过几多回，汝一概不理会，而且近一二次来信及信皮，有颓放之意。少年人不应如此。

一、我屡次信所说，如《圣教序》等等，汝从不答我，一若未见我信者。如此则我何必告汝，汝又何必来信耶？

一、此次来信说日本事，云读书非其时。然则我辈舍读书外，尚有何可做？风雨如晦，鸡鸣不已，正是吾人向学要诀。近日此间学生纷纷往南京请愿，此等举动有同儿戏，借端旷课游行，于国事何补寸分，可为痛哭者也。凡事初一二次尚不甚感觉，多则变了无聊。如所谓政府不答应则将全体饿死于国府之前，此何语耶？壮则壮矣，其如大言夸毗何？此日本人所旁观而大为冷笑者也。人之大患在大言不切实，今全国风气如此，又何望耶。

我今对汝不愿多言，望汝对我历次信所言、所问、所希望于汝者，有存在心之时，有答复我之时。不然，言者谆谆，听者藐藐，则不如其止矣。我写一信极不容易，有时执笔欲止者再乃写成之。注意注意，何谓颓放。

法律、音乐、书、画，汝近所好所学也，甚佳。救国之道甚多，在国民方面，最要者做成本身有用之材，此其先着。

我本来就是一读书之人，于国家无大用处。但各有各人的本份，人人能尽其本份，斯国可以不亡矣。难道真要人人当兵去打仗方是爱国耶？我对国事亦极悲愤，但此等事，非一朝一夕之故，积之甚久，今始爆发。在历史家观来，应该如此，又何怨耶。我不能饮酒，到不高兴时，报亦不愿看，仍唯读我书，读到头目昏花，则作为大醉躺卧而已。此可告祖母者，我近状之一也。至今仍未着棉袜，为廿年来所未有，因不用出街也。十二月六日。

【家书解读】

从信中不难看出，身为父亲的陈垣一心切切，而儿子陈约反应平平，这何尝不是万千父母与儿女的一幅家常图画。陈垣劝儿子莫要因为时势动荡而放弃读书，认为年轻人参加游行没问题，但是若以此为借口频频旷课，这就本末倒置了。他希望儿子能成为真正有用之才，以纾国难。

陈垣　致陈约

（讲书态度，要稳重安详）

人不请你，说人不请你。人既请你，又怪人轻与你以此重担，何也？讲书态度，要稳重安详。最好有时自照镜一观，即知检点。学然后知不足，教然后知困。教亦学也，学教人亦学也。勉之勉之。临事而惧，好谋而成，教学相长，必大有益。前付《字学举隅》，又寄三叔转寄一函，收到否？收到即复。九月十八日。

【家书解读】

陈垣在信中阐述了自己的教学态度，建议儿子要端正教学态度，以稳重为主，而且要时刻反省自己的行为，知检点。教书和学知识一样，都是在实践中才能不断进步，要知道教亦学也，学教人亦学也。遇到事情要谨慎对待，做事经过认真分析、考虑，谋划得充分才能成功。教和学两方面互相影响和促进，都应一同精进，对二者将有很大的益处。

朱执信　致朱秩如函

（修得一专门学问，钻研教授）

四弟览：

得展堂书，知已迁居本乡馆矣。弟知宗向，本与吾殊，吾不强弟相从。但能如向者所期，修得一专门学问，钻研教授，亦未尝不足为社会福也。惩忿窒欲，为持己之大端。忠厚待人，必无良心苛责之结果。猜忌之术，非常人所能用，用之适以自败，此亦屡尝为弟言之矣。今兹历事，愈觉其信。展堂我平日亦以为风谊兼师友，当敬礼求益。虽不与于其运动，彼于导人以学，必悦而不拒，不可自疏。毅、恺、湘、协、朗诸人，有缓急可以相求。然人贵自立，不可倚赖也。四妹在澳，别无亲戚，婿未能自立，可念。当时时与信也。此问

近安。

执信泐。三年十一月五日。

【家书解读】

朱执信在信中告知弟弟，自己与他志趣不一，弟弟当以自己所期为目标，钻研其一，能够精益于此，同样也是为社会做出了贡献。提醒弟弟为人处世要像君子一样能够压抑住怒火，克制住贪念欲望，要做到忠厚待人，不要猜忌多疑。还关照弟弟，让他在有事时，可以向朋友求助，但是人贵在自立，不可产生依赖的想法。

容庚　致祖风表弟

（应当以诚相见，说实在情况）

祖风表弟：

奉来函及《绿绮园诗集》九册，即往海关交涉。据云若得市文化局通知，便可放行。再往文化局，主管人适不在。我说若有问题可通知我，若星期六以前未接通知，即作为允许入口。今日是星期六，想是不成问题。我可将书分两次寄来。包时多用数层纸，一可免损坏书籍，二此间包纸十分缺乏，藉此利用。

当印书时，原与般若说明在广州交人民币，彼已答允才印。此时为何反汗？不顾信用，实所不解。我之舅父亦即他之岳父，难道我为其难，他帮一点忙也不成。其次，四舅的篆书是很有名，我所收藏多是中年作品，故托你和般若在港搜罗选择印入，那知印入的只是一聊一行书条，行书条字小至不可辨认，未免太不负责任。

四舅在港朋友多，不必全送，不如定价出售。如陈少汉先生曾到我家谈过愿意帮忙。可否和他商量，送他一些书，请他帮忙推销。其他熟人也可以如此。印数不算太多，不必急于送出去，并可托商务印书馆黄荫普先生代售。定价我以为实收港币三元，代收费外加。你年纪太青〔轻〕，阅历不多，易受人骗。少汉我只一面，不甚了解，如其人可靠，一切托他可也。你的经济情况好，可以多送一些，不然收回一点成本，也无可非议。我估计你在小学教书，千元以下的收入是不会很好。我的女婿徐丰收入当然很多，每年都有一些汇回来孝敬。我在港买书三千多元，由琬女付出。我向他们开口断断不会推辞。但我非迫不得已也断断不会开口。此次他们虽去了非洲，托人寄回事物不少。我与你虽是表兄弟，见面时少，你难免客气。我以为应当以诚相见，说实在情况。比如此次印书，能不能向朋友推销，收回一点成本，不妨实说。如般若实在不收人民币，俟琬回来再商，也未尝不可以付一些港币。此复，并颂

春祺

容庚　二月廿五日

【家书解读】

容庚以委婉的方式向自己的表弟传达自己想要帮助他的善意，书信中充满了关心。不仅为表弟梳理家族人脉，以方便行事，还为他指点经商之理，明言表弟若是有经济不便时，可向自己寻求帮助。而且为了避免表弟因为客气和难为情，先向弟弟表示愿意帮助的心情，可见彼此手足情深。

冼星海　致钱韵玲

（进一步的锻炼自己）

玲：

匆匆别后不觉已届两度寒暑，两地遥隔，能不依依！时为秋凉，尤望加衣珍重。别后想必学业进步，身体健康。我在这里身体比前健壮硕大，精神健全，食欲增加，工作更比以前进步，见识亦较以前广泛，身心非常愉快。

妮娜在你殷勤爱护之下，必定很幸福地过她的生活，亦必比以前更天真活泼了。她这一幅小面孔，我时常都怀念着她，今年她是两岁了，长大一些还是送她到幼稚园，免得你分心，有碍工作和学习。

我们今后更要进一步的锻炼自己，尤其是处事、待人、接物的各方面。我总有这样的感想，我们一天比一天进步，但我们在现在的环境，应该更努力去学习和工作。比学习和工作更重要的就是锻炼自己的不屈不挠的精神，苦干和谦虚的精神，我相信你比我做得更好，我时常提及无非就是勉励我们加紧日常生活。的确地我在将近两年的时间，我得到许多宝贵的教训和经验，我想在不久，我们可以见面团聚彼此交换一些过去经验和意见，又是何等愉快的事呢。现在你更要安心工作，我回来时必定带给你许多安慰和愉快。

妈妈生活不知到〔道〕怎样？！我怀念着她如同怀念着你们一样，我深怕老人家生活又成问题！你是否仍然每个月给她写信？我相信你一定做了。我记得我从前在上海的时候，百代公司还欠我一些唱片的版税，而今乙〔已〕是四年了，这匹〔笔〕钱积蓄起来亦不少，如果能想办法写信托上海友人去代取，把钱交妈妈维持生活，亦是一个好办法。你可记得这一件事，不然老人家在上海是孤苦无靠的怎样度过这样的生活呢？

或许你明白我为什么许久没有给你写信的原故，现在因有机会可以带信，顺便写几行，聊解你和妮娜的远念。愿努力、珍重代候好友们的安好　不另

黄训

九·一八，一九四一年

【人物简介】

冼星海

冼星海（1905—1945），曾用名黄训、孔宇，祖籍广东番禺（现属广州市南沙区榄核镇），出生于澳门，中国近代著名作曲家、钢琴家，有"人民音乐家"之称。1926年入北京大学音乐传习所，1928年进上海国立音专学习音乐。1929年去巴黎勤工俭学，师从著名提琴家帕尼·奥别多菲尔和著名作曲家保罗·杜卡斯。1935年回国后，积极参加抗日救亡运动。1938年赴延安，后担任鲁迅艺术学院音乐系主任。1939年6月，加入中国共产党。1945年10月因劳累和营养不良，肺病日益严重，最后病逝于莫斯科。著有《黄河大合唱》《在太行山上》《到敌人后方去》等名曲。

【家书解读】

1940年5月，反映延安抗日的《延安与八路军》纪录片已经全部拍摄完毕。当时党中央决定，将该片送到莫斯科完成后期的制片工作。冼星海因担任影片作曲配音，也启程前往苏联。这封给妻子钱韵玲的家书写于苏联，在寄望彼此于为人处世方面应不断自我完善的同时，也表达了冼星海对家人的涓涓思念。

廖冰兄　致余光美

（一个亲人死了，悲痛是难免的）

光美：

现在，大家都去看电影了，整幢宿舍只有我一个人，而且有点发烧，应该休息，但是却不能不给你写这封信。

今日中午收到你第三“本”信，信末说为我久无音信而念虑，我确实太久不给你写信去破你这个处身“山神庙”的人的孤寂了。

第二“本”信是二月廿四日中午在广州的家收到的。这是个使我全家陷于万分悲痛之中的时日，是个我们和你做梦也想不到的事件发生的时日。我当时无心读你的信，却想抑制住悲伤，用纸笔向你报告这个事件，可是我终归没法写得下去。

过了两三天，又执起笔来，写了一页纸。嫂嫂反对我用这样感情的字句去写。于是我便把它撕掉了。

请你抑制着自己的情感！不要像我这个搞艺术的人那样感情用事。总之，先要做好精神准备，才好翻开第二页纸。

……

我努力以一种冷静的态度给你写下去：

2月8日（年廿四）我放假回来，这次放假，我特别高兴，因为我早就接到冰姐的信，说她将于9号与小红梅一起来我家度节，我可以见到隔别足足20年的妹妹和未见过的小甥女。这天下午二时抵家，一打开门，冰及红梅已在家里，原来她提早两天到达。她是为了急于与我这个久别的哥哥相聚，所以在寒假学习班未结束就请假起程。我和她相处了整整十一天，当然，这短短的十一天是不能补偿廿年的隔别的。

我们互诉“文化大革命”的经历，原来她在1968年底所遭受的打击比我尤甚，连那小小的红梅也经历过几番风雨啊！然而，我们都能正确对待这些，并没有埋怨这场很有必要的伟大革命运动。

她在1969年春就解放了，并没有任何处分，而且领导依然很信任她，让她任教高二级两个班语文，并做下排老师。

持亚在距新圩只有八华里的另一间高中任教，同她一样也是教高中语文，以前的处分早已暗暗取消了。

小红梅太可爱了，她十分喜欢画画。因为她爸爸老是在她面前吹嘘舅舅会画画，所以这次她是立心来跟我学画画的，为了达到她的目的，声称要留在广州不走了。

我曾陪她母女去黄埔港探望她的未来亲家，受到他们十分热情的接待。小冰的未婚夫张荣华的父母都是老工人，孩子们也全是工人。

冰姐54岁，明年大概可以退休了，到时她大可来广州长住，这里有她的哥嫂，又有她的亲家。

年初三晚，陵依夫妇请我们到她的夫家吃饭，地点在小北小石街。饭后我与冰重游我俩年幼生活过的地方（这些地方都在陵依夫家前后），免不了话及当年的辛酸。

春节期间，我家总是宾朋满屋，忙得不亦乐乎，但我还是抽时间陪她去逛这个一别20年的广州。

只可惜抽不出时间去拍一张大团圆的合照，这实在太太遗憾了！

19日（年初五）下午三时半，我假期已满要返干校。冰姐送到车站，她的表情是依依不舍似的，我断断想不到，这是永别了。永别了。永别了。

我再也见不到这个幼年时期与我相依为命的好妹妹了，你也再也见不到最亲爱的冰姐了。

我忍着悲伤写下去吧。

我回干校之前，她早已买到广州—北流的20日（年初六）车票。她在我走后的第二天黎明时，就离开广州返北流了。

22日中午，我在干校收到陵儿发自广州的短信，说陵四已从海康返广州，叫我请假回家。本来陵四原定在春节前回来探家的，可是后来领导不批准（原因一言难尽），因此在我们大团圆之中少了个陵四，颇以为憾。现在，陵四毕竟回来了，干校领导又同意我请假去见他。23日上午，我就兴冲冲地乘车回广州。下午两点钟回到家，我便感到这个家的气氛不大自然。该是上班时间了，何以陵依以及两位与我家极要好的邻居也在座。我问她们为什么不上班，她们竟然支支吾吾。陵四、陵二都不在，问嫂嫂，嫂嫂说，一点钟时陵四、陵二与阿张（陵依爱人张祖贤）坐吉普车去干校接我。我问吉普车何来，嫂嫂说是阿张的旧同学是司机，因事到干校，顺便接你出来……

不久，汽车又载着他们回来了。嫂嫂叫我和陵三也下楼去乘吉普车到南方大厦逛逛。我说疲倦不去，但大家硬要我去，真使我不解。

两家人（廖家和张家）挤在一部吉普里，一直开到西关某路一家旅馆，他们说这是司机的宿舍，叫我进去休息一会。

我被带到一个大房间，里面有好几个素不相识的人……

我莫名其妙地看着他们。突然，人群当中出现了梁持亚。

张祖贤、梁持亚、陵二、陵三按住我，叫我镇静下来。

张祖贤说："姑姐出了点事……"我一听，大概知道是一桩什么事了。

原来：

20日（年初六）清晨5时半，冰姐与红梅乘广州开往北流（终点是玉林）的班车离开广州。10点钟左右到达云浮县城，吃过午饭继续开车。东行十分钟左右到一个拐弯处，一部满载民兵的云浮硫铁矿局的货车猛撞过来，冰姐与同车的另一男孩当场牺牲。小红梅额头骨裂，左手断为三截，左足成两截……全车人几乎全部受伤。

旅馆房间的几位，原来一位是云浮县交通战线的革委会主任，一位是硫铁矿局的办事组组长，一个是冰姐的学校革委委员。

……

云浮县委来的同志对红梅及我们一家，备极关怀，他们对我百般安慰。他们说，原先决定把冰姐遗体运回北流，后来感到我兄妹情深，该运来广州。冰姐的遗体是由云浮县革委成员亲自用专车护送广州的。

北流来的林同志说，冰姐为人民教育事业辛劳数十年，是为人民而死的，比泰山还重，学校已决定为她开追悼会。

……

东哥

1972年3月9日晚

余光美回信

东哥：

一个亲人死了，悲痛是难免的，但不应该老陷于悲痛之中不能自拔。这是死者所不希望的事。婆婆死时，冰姐叫人别在我面前提及婆婆，以免我又哭起来。你记得吧，到你已经长得比婆婆高的时候，她老人家还给你洗脸，你和冰姐的童年是在辛酸的岁月中度过的，但幸有一位很慈祥的外祖母带着你们，让你们在“济贫万辱侵”的时候能得到她老人家的抚育。她老人家临终时还怀念着你，她不是希望你为她悲哀，而是希望你幸福呀。冰姐也是这样的，要是她死前知道自己要死的话，必然会考虑到我们会悲痛，希望我们不要悲痛，冰姐是个坚强的人，她不会愿意我们用眼泪来纪念她的。

由于今天是刘和珍烈士牺牲的日子，我又想到上面的许多话。刘和珍烈士牺牲了，鲁迅先生是悲痛的，但他没有为悲痛所压倒，他在《纪念刘和珍君》中说：“真的猛士，当更奋然而前行。”不止刘和珍一人，数十年来，牺牲了多少好同志，这怎么能不悲痛！但过分的悲痛正是他们所不希望的，鲁迅先生的遗嘱值得我们反复学习，他说：“忘记我，管自己的生活——倘不，那就真是糊涂虫。”

鲁迅先生正是希望别人不要为他过分的悲痛才这样写的。当然不悲痛是不可能的。在鲁迅先生死后很多年全国解放了，把鲁迅先生移葬的时候，许广平同志还感到悲痛。那时候，宋庆龄副主席扶着她，给她一种默然的安慰，宋副主席也感到悲痛，谁能把伟大的鲁迅先生忘掉呢?！

如果你能够，最好把冰姐的生平写一写，作为家史交陵依、小冰等，让她们知道姑姐、妈妈辛酸的青少年。

光美

1972年3月18日

【人物简介】

廖冰兄（1915—2006），著名漫画家，1932年开始在报刊发表漫画作品。1935年毕业于广州师范学校（现广州市协和中学），曾任小学教师和报刊美术编辑。1938年在武汉参加漫画宣传队，后到皖南地区开展抗日宣传工作。1939年任广西地方建设干部学校宣传画教师，并任《漫画与木刻》月刊编辑，创作出版了《抗战必胜连环图》。1945年开始创作连环漫画《猫国春秋》，翌年在重庆首次展出。1947年在香港加入人间画会，并在《华侨晚报》连载连环漫画《梦里乾坤》。1949年到北京参加第一次全国文代会，当选中国美协委员。1951年任广州市文联编辑出版部部长兼《广州工人文艺》主编。1982年、1983年分别在广州和北京举办廖冰兄漫画创作五十年展。晚年多以书法、小品为扶贫助学筹款集资，有一段时期喜画重彩风景画，多以广东水乡为题材，融中国画、西洋画、儿童画、版画、水彩、水粉画于一身，形成独特的艺术风格。2003年9月，荣获中国文联、中国美术家协会颁发的第二届中国美术金彩奖成就奖。作品有20世纪40年代连环漫画《猫国春秋》；50年代漫画《智公移山》；晚期作品《自嘲》获第六届全国美铜质奖章、广东省首届鲁迅文艺基金奖，为中国美术馆收藏。出版有《冰兄漫画1932—1982作品选》。

廖冰兄

【家书解读】

廖冰兄之女回忆亲述——爸爸是努力克制情感而叙事的，而小叔光美的回信感情更为丰富。在向姑姑（廖冰）遗体告别的时候，她很安详，好像是多年思念哥哥与哥哥相聚的心愿得到了结的安详，她好像要把见到哥哥的喜悦带回家与丈夫和儿女们分享……她在瞬间去世，没有任何痛苦，她把悲痛留给她的所有亲人友人，还有敬爱她的学生。爸爸说过，如果姑姑健在，退休之后，一定是爸爸最好的助手。爸爸80岁了还在日夜操劳，说他投胎时与阎罗王签了合同：一生劳碌，所以不敢偷懒。爸爸好像要把姑姑，要把所有人未做的事尽量努力去做……

陈心陶　给女儿静薇的信

（服从领导，团结群众）

薇：

出发去三水、四会、清远、花县前给你写了一信，回来那天，即9天以后收到你的回信，很高兴。这次外出，是和省革委常委、生产组副组长、省除害灭病小组组长寇庆延同志一起去的，经过4个县（即上写的），检查了它们的血防工作，确定了全省11县中已有10个县已经达到基本消灭之标准。三水县再经秋前和秋后的努力，也可以达到基本消灭，实现我省向中央和毛主席表示的决心，即要在今年内基本消灭血吸虫病。

回来后，每天均参加省革委会主持的各疫区的汇报和这次出去检查的总结，已于昨天全部完成。拟于七八月回到点去，这个点已于10月间由三水六和迁往清远，还是4位同志在一起。如无其他事情，我将留在清远直至全国人大开会，不过很难说，可能一两个星期后又回广州也不一定。

全国人大开会时间还不确知，估计最迟在12月间，届时希望能见到你，妈妈也决定同时北上。

你由家里取去的毛主席那张相片是否比前次拿去的大一些，一边裁剪得不很平（大小见这张纸的背面）？如符合，则所取去的是原由北京取回的，要好好保管，将来回家时带回，以便拍一张相底留起来。原拍的相底存在梅骅处，已不见了。

你代我买的一张公路图，未知大小如何，能否卷在旧杂志内寄回？当然勿把它折起来，怕折坏了。最近我去各地，有一张可靠的地图，那就好了。

你在农场劳动要好好注意身体，这是本钱。身体好，劳动也会更好。当然，要批判“活命哲学”。你谈的劳动情况，都是我们爱听的，我们都是从头到尾看了两三遍才把信收起来。你要好好听毛主席的话，服从领导，团结群众。我知道你一贯如此，但我不厌其烦说了又说，也是提高我自己。

祝你好，祝你天天向上。

父　11.4写　11.5晚投寄

【人物简介】

陈心陶

陈心陶（1904—1977），出生于福建古田。1925年毕业于福建协和大学生物系，旋即受聘于广州岭南大学，1928年被选送赴美留学，在明尼苏达大学攻读寄生虫学一年，获寄生虫学硕士学位。1929年转哈佛大学医学院进修，1931年获比较病理学博士学位。同年7月回国，任岭南大学医学院寄生虫学、细菌学教授，生物系主任和理科研究所所长。其时他开始调查并整理华南地区蠕虫区系，对并殖吸虫及异形吸虫等进行了形态学和实验生态学研究，发现了广州管圆线虫、怡乐村并殖吸虫等并殖吸虫新种，为中国吸虫区系分类奠定了基础。陈心陶一生在国内外刊物发表论文和著作130余篇，主要著作有《怡乐村并殖吸虫》《医学寄生虫学》《中国动物志·吸虫志》，其中《医学寄生虫学》1978年被评为全国科学大会科研著作成果一等奖。

【家书解读】

陈心陶在马不停蹄的工作之余给女儿写信告知自己的工作进度，让女儿不要担心自己会过度操劳，并且仔细叮嘱女儿要在劳动中扎实工作，坚持学习，保重身体，服从指挥，多与群众交流，坚持党的领导。虽大部分篇幅为日常行程和琐事，但处处给女儿在艰辛的环境下以精神鼓励，深深关切女儿的身心健康，提点女儿为人之道。

立志

孙中山　致孙科函

（宜开诚布公，同心协力）

科儿知悉：

今早在博罗城得接你加封寄来朱和中一信，其中所虑，皆去事实千万里之远。此时为危急存亡之秋，正宜开诚布公，同心协力，以共扶危局；若彼此互相猜忌，妄相付〔附〕会，则愈想愈湾矣。财政计划非军事解决，必无办法；军事非我亲临前敌，必难速行解决，故望你大家一心，竭忠尽力，维持目前之要需：第一兵站之费，务要使东江无绝粮之虞；第二海军之饷，不可失信，致复生变。此二事如果大家同心一致，必可办到，则目前之困难可抒〔纾〕，而东江军事必能达所期目的。东江目的一达，则各种财政计划皆有希望。故此汉民纵不能代我办事，必能代我任过；否则，各种之过皆直接归在父一人身上矣。汉民之用，其重要者此为其一，故万不能任彼卸责也。但恐我数日不回，彼必走人，则我必要直当各路之冲，则更不得了矣。但汉民见得毫无办法，亦恐难留也。父已尽力设法留之矣，然犹恐无济。外间已有成见，你与彼成为两党，想你两人或亦不免有此意见，故留汉民仍以儿为最相当之人。为大局计，为父此时负责任过计，你不得不留之，不得不恳切以留之，而留之必要留住斯可矣。否则父同时要任种种之过，要当各方之冲，则必不能专注意于军事；军事一败，大局便崩，无可救药矣。故汉民去留，甚有关于大局之得失成败也。你须注意，勿忽为要。至幸至幸！

父示　六月七日

【人物简介】

孙科（1891—1973），字连生，号哲生。孙中山长子。其母是孙中山的原配夫人卢慕珍。曾任考试、行政、立法院院长等职，是中华民国史上唯一曾任三院院长职务者。

【家书解读】

写此信时，孙中山在东江前线督战，孙科任广州市政厅厅长，而孙科与代行大元帅职权的胡汉民不合。但当时孙中山自己只能专心应对前线战事，无力一身担任多职，特以此函激励和劝勉孙科要以国事为重，排除猜虑，团结一心，不仅要在后方全力筹集兵费和海军的军饷，为东江战事竭忠尽力，还要竭力挽留胡汉民代行大元帅职权，以大局为重，放下彼此之间的嫌隙。

孙中山书法

梁启超　致梁思顺书

（处忧患最是人生幸事，能使人精神振奋）

王姨今晨已安抵沪，幸而今晨到，否则今日必至挨饿。因邻居送饭来者已谢绝也（明日当可举火，今日以面包充饥）。此间对我之消息甚恶，英警署连夜派人来保卫，现决无虞。吾断不至遇险。吾生平所确信，汝等不必为我忧虑。现一步不出门，并不下楼，每日读书甚多，顷方拟著一书名曰《泰西近代思想论》，觉此于中国前途甚有关系，处忧患最是人生幸事，能使人精神振奋，志气强立。两年来所境较安适，而不知不识之间德业已日退，在我犹然，况于汝辈，今复还我忧患生涯，而心境之愉快视前此乃不啻天壤，此亦天之所以玉成汝辈也。使汝辈再处如前数年之境遇者，更阅数年，几何不变为纨绔子哉。此书可寄示汝两弟，且令宝存之。

一月二日

【人物简介】

梁思顺（1893—1966），字令娴，梁启超长女，诗词研究专家。毕业于日本女子师范学校，长期担任梁启超的助手，新中国成立后曾任北京市东城区政协委员和中央文史馆馆员。编有《艺蘅馆词选》五卷。

梁思顺

【家书解读】

该信由梁启超写给长女梁思顺，以己身作例激励女儿，即便时局动荡、困难险阻接连发生，但困境能使人精神抖擞，充满决心与勇气，在磨砺中不断进步成长。梁启超在艰险之中，不忘反思，告诫女儿眼前的挫折不仅仅是磨难，更是突破自我的良机，孟子所说的“生于忧患，死于安乐”正是此道理，多一分智慧，多一分清醒。

阮啸仙　写给儿子乃纲的信

（随时随地随事都是书本）

爱儿：

你不是要我买什么书给你吗？我本来是很穷的，现在更穷上加穷，变成一顿找来一顿吃，有了今天明日愁，就由得明日忧了，连今写信给你的邮票，都费了很大力量得来的呢。说起来，恐怕有些人不大相信吧。其实这些年头，这些事，这些人多着咧。

爱儿：我希望你好好的读书，放学回来或暇日要助家做一些日常应做的事，譬如弄饭煮菜等事。……煮饭虽小，但含有许多道理科学作用，不过“前人种竹，后人享福”，见惯不怪，以为无希奇被人忽略过去了。总之，一事虽小，增长的见识就不少。古人说：问君一晚话，胜读十年书，这是经验之谈也。望你从实际上去学习。

爱儿！你想学好，你应该向你眼前的事情去学，事无大小，都有它的道理的。想见识多，有本事能耐，不必向上海或国外花花世界去学，随时随地随事都是书本，都有够学的道理在，哪怕是烧火煮饭的小事，你想知道火是什么东西？从何而来？它对于人群社会有何益处？有何害处？如何用之才有益而无害？那就够你想了。

今晚因为下雨，未有伞又没有雨鞋，不能往外边跑，抽暇写这封信给你，望你给我回信！……

父字

六月十六日晚上十二时

【人物简介】

阮啸仙

阮啸仙（1897—1935），原名熙朝，字建备，号瑞宗，别号晁曦，广东河源人。中国共产党早期的党员之一，广东青年运动的先驱，大革命时期著名的农民运动领袖，第一任中央审计委员会主任，人民审计制度的创建者和奠基人。五四运动校学生会主要负责人，中国社会主义青年团广州地委书记并代粤区执委会书记，1926年被任命为国民党中央农民运动委员会委员，中国共产党第五次全国代表大会被选为中央委员。曾任中共广东省委农委书记，建立仁化县安岗苏维埃政府，被选为主席。出席过党的六大，当选中央委员，任中共赣南省委书记、赣南军区政治委员。1935年2月，阮啸仙领导的赣南省委机关部队被敌围困，3月6日在战斗中壮烈牺牲，时年38岁。

【家书解读】

阮啸仙是中国共产党早期成员，为了革命事业，他常年离家在外，甚至不知儿子已经13岁了，他在1933年6月16日在上海写信给儿子乃纲，语言平实，平淡之中蕴含着深刻的道理。提醒儿子知识并不局限于书本之上，凡事都有其道理，从眼前的小事中学习，一点一滴累积知识，在实际中学习，在实践中增长见识。

张荫麟　与张其昀书

（此为国史中开时代之盛业）

晓峰吾兄：

惠书欣悉。国史为弟志业，年来治哲学治社会学，无非为此种工作之预备。从哲学冀得超放之博观与方法之自觉，从社会学冀明人事之理法，岂曰能期窃所期向！通史艰巨之业，决非少数人之力所克负荷。断制营构，固须自用匠心。至若网罗散佚，分析史材，及各方面之综，则非资众手不可。颇拟约集同志，先成一国史长编，此非徒为少数人谋。后来任何有志于通史者，均可用为资藉。此长编不必有一贯之统系，各册自成段落，为一事、一人、一制度、一时代或文化一方面之专史可，为丛杂之论集亦可。篇幅多寡亦可不拘，要以于国史智识有新贡献者为准。各册随得随刊，不必按伦类或时次编排。此意非弟创发。英国Began Paul书店所刊有名之《文化史丛书》，性质即略如上所云云。此丛书曾拟百册，至今尚未完。然于文化史贡献甚巨，吾兄何不师其意，发起“国史长编丛书”，自任主编，分约专家撰述？此为国史中开时代之盛业，吾兄其有意乎？

地理与历史可称为姊妹科学，其相辅相成之处甚多。通一时代之史而不明其地理环境，犹演戏而无配景，乌乎可？弟深愧于地理毫无素养，他日必先于本国地质、地势稍加考究，并恣游秦、晋、宋、鲁之故墟，然后敢下笔写国史也。在此预备中，其有需请吾兄他山之助，从可知也。

国事目前诚无使人乐观之余地，然吾人试放远眼光，从世界史趋势看来，日寇之凶焰决非可久者；然中国否不极则泰不来，且放硬心肠，伫候大河以北及江海沿岸之横遭蹂躏可耳。历史上腐化之时代而能为少数人道德的兴奋所转移者，殆无前例，必有假于外力之摧毁，摧毁之甚而不致于灭亡，则必复兴。弟于国事对目前悲观，对将来则并不悲观。承询最近行踪，弟居西美一僻乡，与世绝缘，真成韬隐。暑假后将东往纽约住半年，再畅游各地，即行归国，但未审能如愿否耳。匆此，即颂

撰安

弟荫麟顿首

民国二十二年三月七日自美国斯丹福大学

【人物简介】

张荫麟

张荫麟（1905—1942），无字，号素痴，亦常作笔名，广东东莞人。著名学者、历史学家。1905年11月出生于官宦之家，1922年毕业于广东省立第二中学。次年，考入清华学堂中等科，三年级肄业。在《学衡》杂志第21期上发表处女作《老子生后孔子百余年之说质疑》，针对史学家梁启超对老子事迹考证提出异议，清华师生大为震动，并得到梁启超的激赏。1924年6月，又发表论文《明清之际西学输入中国考略》，分析明清两代传入的西方学术的差异及其对中国文化的影响。著有《中国史纲》。

张其昀

张其昀（1900—1985），中国地理学家、历史学家，字晓峰，浙江宁波鄞县人。1923年毕业于南京高等师范学校，后在上海商务印书馆、国立中央大学地理系、国立浙江大学史地系、哈佛大学等单位任职。1949年到台，从事文化教育事业。他创办中国文化大学、中华学术院等，著有《本国地理》《政治地理学》《中华五千年史》等。

【家书解读】

张荫麟1929年获公费到美国斯坦福大学攻读西洋哲学史和社会学。留学四年，修完应学课程，未待期满，已获哲学博士学位，提前返国。从信中可看出张荫麟对于国内编写国史有着自己的追求和目标。他以宏大之眼光，纵观中西，以期一套具有划时代意义的国史能出其手，并且已有计划将其实施，只可惜其英年早逝，计划只得流产。

林基路　写给父亲的信

（勇往直前，尽己所能尽）

父亲大人膝下，敬禀者：

从阴棠兄处诸多恳求，始得见手谕，三读之下，痛楚万分。

青年人谁无感情，庸碌者用于私，而优卓者用于公耳。儿虽不敏，目击社会现实情形，能无动于衷乎？年来读社会科学书，对社会病原及改造方面，颇多理解，证以事实，益增信心。且儿生性刚强，意志坚决，素不喜因人成事，勇往直前，尽己所能尽，乃我职态，儿意以为此身能公诸社会，个人痛苦，非所敢计。

英雄常见于乱世，而人间一切悲剧亦未有不于此时上演殆遍者。儿志愿忠于人群，岂不愿孝于父母？而事实证明：忠于社会者必逆于父母，忠孝难全，奈何？奈何？以儿意志之坚决，戮力于社会工作，不悉壮志不酬，而高年父母，即以“吾心已碎，吾胆已寒”诉，人非木石，孰不伤怀？天平，何不生我为蠢笨之豕儿，而偏生我为万物之灵之人类？何不生我为俗世蠢子，而偏赋我满腔热血，一场壮志？幸乎？不幸乎？社会事情不可袖手，而父母恩情岂可抛置？

虽然，儿年仍轻，来日方长，效力于社会人群之机会正多也。故目前决脱离一切团体关系，不参与任何活动。此后将悉如严训，专心于文史之攻读。新书籍除关于文学者外，其他一切政治经济书籍亦将尽可能的不读，将时间用于攻读外国文学之用。

离家不久，屡恙。亲忧，殊感不安。此后对个人言行，将倍加检点，免生意外，俾纾亲心。敬乞勿常远虑！

家中被窃，想或由门户疏忽之故。天面铁门朝开而晚不关，是老大破绽处，而我家出入人口复杂，一不留心，最易上当。望甥仆妇人等此后加意防范，当不致有意外事发。不知上下人等平安否？念甚！损失虽重，然若各人平安，亦足聊慰远怀也。

前托李书平兄带上孩衣及玩具收到否？

谨候

健康

儿为梁谨禀

【人物简介】

林基路（1916—1943），原名林为梁，出生于广东台山市。1933年在上海求学期间加入了中国共产主义青年团。1934年春，经团组织同意，前往日本留学。1935年加入中国共产党，并担任中共东京支部书记。1937年七七事变之后，林基路毅然回国参加抗日战争，1937年10月初到达延安，进入中央党校第十二班学习。1938年2月，林基路受党派遣到新疆工作，先后任新疆学院教务长、阿克苏专区教育局长、库车县县长、乌什县县长等职。1942年9月，被军阀盛世才逮捕入狱，写下著名的《囚徒歌》。1943年9月27日深夜，林基路被秘密杀害于监狱中，年仅27岁。

【家书解读】

林基路

林基路在一次革命活动中由于叛徒告密而被捕，在狱中遭到了毒打，并组织了绝食以抗争。三个月后被保释出狱，其父来信劝他放弃革命工作，信中写道："吾心已碎，吾胆已寒"。林基路收到父亲的信后在1933年2月17日写下这封回信，信中表明了其舍家救国的决心，忠孝难两全。先行者以忠卫国保家、坚定献身的精神，无时无刻不激励着后人。

为国

林则徐　复郑夫人

（报告禁烟）

来书已悉，家中大小均极平安，甚为欣慰。承劝勿为已甚，可止则止，此诚爱吾之言。鸦片一案今尚未了，现在竭力交涉。余为国为民，坚守此志，不扫除毒卉，誓不甘休。外夷虽狡，余总不惧。现和粤中名医商榷，制造戒烟丸一具，服之尚有效验，且绝无流弊。烟之为害，至矣尽矣，一入腑肠，使人血液全枯，肠中更起一种变化，食物不易销化，故吸食鸦片者，必睡眠不足，必起便秘。人之所以可贵者，在血液流动耳。户枢不蠹，流水不腐，以其能动也。吸食鸦片者则反是，故而黄肌瘠者有之，皮枯肉皱者有之，耸肩缩背者亦有之。余深知其害，故一抵任后，即首先出示禁止人民吸食，官吏违者，立时参革，人民违者，立时惩办。一面即饬广州道与外夷商量，自后禁止运入，积存烟土，俟讲明后由官府依原价收买，悉数焚毁。如不然者，运回亦可，再不然则俟明春奏请后，当用强力制止。否则其毒一延，不至亡国不止。

余近来驰书亲友，亦多以此相戒，盖其毒不减砒霜鸩酒，不过其来也渐，人自不自觉耳。戒烟丸系攻补并用，攻者所以荡涤其渣滓，消融其秽浊；补者所以培养其元气，坚固其精神。两者并行，而后始可免于流弊。现余已示谕全省，限吸食鸦片者一月内自投官厅报告，购丸服用。三月后再呈禀官厅，报告情况，予以自新之路，不为已甚之举。如至死不悟者，则从严究办，决不姑息。

现此丸发行后，购服者已有一千余人，获效者竟居十分之九。天佑大清，或得因此扫除毒厉，诚皇家之福，而亦苍生之幸也。余抱此志，百折不回。来书谆嘱见可而进，知难而退，此虽保身保家之善谋，然非人臣事君致身之道也。况余服官已久，亦稍有阅历，决不至卤莽灭裂，贻身家以忧。而圣天子明烛万里，八骢四达，苟非自行获咎，亦不致殃及其身，此堪请夫人放怀者也。故乡烟风炽否？戒烟丸闻亦有发售者，如亲友中有吸食者，可速劝其购服，速除恶癖，勿贻后悔。吾家子弟尤宜力戒。

长儿月内当可抵家，如延至初十以后，次儿可不必来粤，姑俟明春天气暖时，再行起程可也。风雪交加，客行非宜。余在署虽觉寂寞，然尚无妨。令吾儿于此严寒天气跋涉千里，甚不放心，想夫人亦必心中有所不忍也。父母爱子，无微不至，人子对于父母，不知有如此否？元抚手示。

【家书解读】

林则徐写此信时，整治鸦片一案还在竭力交涉中，林则徐与广东名医商讨研制出戒烟的药丸，戒烟效果已有九成。信中林则徐首先感谢夫人做事要循序渐进的嘱告，但是他表明了自己的决心，虽然知难而退是保全自身和家庭的好主意，但却不是一个报效朝廷、为民办事的人应当选择的路。这展示了林则徐在面对禁烟的困难面前的果敢不移、刚强坚定，是为国为民而尽心尽力的禁烟英雄。

李晚　致家兄决别书

（实行革命宗旨，决以生命为牺牲）

景芝家兄鉴：

敬复者：昨天说及去年余妻区氏与甥往南洋访弟，适因归国，两不相遇。弟此次理应返乡一行，但军情紧急，不出三日，兄便知矣。此行成败不可知，任其事而怕死，非丈夫也。余明知无济，只在实行革命宗旨，决以生命为牺牲，推倒满清，建设中华民国。事成则汉族光明，或败身殉，愿毋我念。恳兄代告余妻区氏一言，苦守韬儿，他日继父之志，幸毋忘之。

此别。

谨请

福安

辛亥年三月二十八日夜

弟晚发手

【人物简介】

李晚（1874—1911），广东东安（今云浮）人，中国近代民主革命家。早年辍学，从事耕作。至成年，赴香港，习成衣业。因交结志士，渐明民族革命之义。闻南洋多革命机关，遂辍业出洋，至吉隆坡，加入中国青年会。1899年赴云浮，租腰古墟汛地前民房，为革命党人活动之地，遭清吏缉捕，复下南洋。1911年初随黄兴至香港，组织机关，谋入广州发动起义。4月27日，参加黄花岗起义，攻打督署，壮烈牺牲。安葬于广州黄花岗，为黄花岗七十二烈士之一。

李晚

【家书解读】

李晚在起义前一天给哥哥李景芝写了诀别书，以表他“实行革命宗旨，决以生命为牺牲”的决心。信中展示了他建设崭新中国的革命信念和为推翻清朝统治而牺牲生命的决心，并嘱咐兄长代为向妻子传达子继父志的心愿。虽然这封与亲人的诀别书谈到了如果起义失败会牺牲生命、抛妻别子，但全篇都充满了革命者无所畏惧的豪情，令人感动。

方声洞　致父亲绝笔书

（以国事为心，勿伤儿之死）

父亲大人膝下，跪禀者：

此为儿最后亲笔之禀，此禀果到家者，则儿已不在人世者久矣。儿死不足惜，第此次之事，未曾禀告大人，实为大罪。故临死特将其就死之原因为大人陈之。

窃自满洲入关以来，凌虐我汉人，无所不至。迄于今日，外患逼迫，瓜分之祸，已在目前，满洲政府犹不愿实心改良政治，以图强盛；仅以预备立宪之空名，炫惑内外之观听，必欲断送汉人之土地于外人，然后始大快于其心。是以满政府一日不去，中国一日不免于危亡。故欲保全国土，必自驱满始，此固人人所共知也。儿蓄此志已久，只以时机未至，故隐忍未发。迩者与海内外诸同志共谋起义，以扑满政府，以救祖国。祖国之存亡，在此一举。事败则中国不免于亡，四万万人皆死，不特儿一人；如事成则四万万人皆生，儿虽死亦乐也。只以大人爱儿切，故临死不敢不为禀告。但望大人以国事为心，勿伤儿之死，则幸甚矣。

夫男儿在世，若能建功立业以强祖国，使同胞享幸福，奋斗而死，亦大乐也；且为祖国而死，亦义所应尔也。儿刻已念有六岁矣，对于家庭本有应尽之责任，只以国家不能保，则身家亦不能保，即为身家计，亦不得不于死中求生也。儿今日极力驱满，尽国家之责任者，亦即所谓保卫身家也。他日革命成功，我家之人皆为中华新国民，而子孙万世亦可以长保无虞，则儿虽死，亦瞑目于地下矣。惟从此以往，一切家事均不能为大人分忧，甚为抱憾。幸有涛兄及诸孙在，则儿或可稍安于地下也。惟祈大人得信后，切不可过于伤心，以碍福体，则儿罪更大矣。幸谅之。

兹附上致颖媳信一通，俟其到汉时面交。并祈得书时即遣人赴日本接其归国。因彼一人在东，无人照料，种种不妥也。如能早归，以尽子媳之职，或能稍轻儿不孝之罪。临死不尽所言，惟祈大人善保玉体，以慰儿于地下。旭孙将来长成，乞善导其爱国之精神，以为将来报仇也。临书不尽企祷之至。敬请

万福金安

儿声洞赴义前一日禀于广州城

家中诸大人，及诸兄弟、姊妹、诸嫂、诸侄儿女、及诸亲戚统此告别。

【人物简介】

方声洞

方声洞（1886—1911），字子明，福建闽侯人。曾在福州念私塾，自幼聪明机警，胆略过人，口才极好。虽生于富商家庭，但吃苦耐劳、简朴自砺。青年时代起，就怀有挽救民族危亡、献身革命事业的信念。逢人痛论国事，力主倾覆清政府。1911年4月27日，在黄兴的率领下，和闽省精英林觉民、林尹民、林文、刘元栋等人猛攻广东督署。转战途中，方声洞见相逢的巡防营无臂号，即举枪相向，首发击毙其党人哨官温带雄。激战中，方声洞亦中弹血流遍体，弹尽力竭而死，时年25岁，葬黄花岗烈士陵园，为黄花岗七十二烈士之一。

方家湜，方声洞父亲，字芷亭，在汉口经营运输货栈，时常来往于各地，是一位见闻较广、思想开明的商人，对清政府腐败无能很不满，将自己的子女和媳妇都送进新式学堂读书，后又让他们去日本留学。

【家书解读】

这是方声洞参加黄花岗起义前写给父亲的绝笔书。在起义的前一天晚上，他担心自己此次参加起事一旦为国捐躯，父亲可能承受不住这沉重的打击，便写了这封诀别书，说明自己的革命志向，并为今后不能尽孝向父亲告罪。信中说到男儿生于世，当建功立业强国，让同胞享福，这就是人生最大的乐事。其革命之心无比坚定，已然为革命做好了牺牲的准备。

林觉民　与妻书

（国事成不成，自有同志者在）

意映卿卿如晤：

吾今以此书与汝永别矣！吾作此书时，尚为世中一人，汝看此书时，吾已成为阴间一鬼。吾作此书，泪珠和笔墨齐下，不能竟书而欲搁笔，又恐汝不察吾衷，谓吾忍舍汝而死，谓吾不知汝之不欲吾死也，故遂忍悲为汝言之。

吾至爱汝！即此爱汝一念，使吾勇于就死也。吾自遇汝以来，常愿天下有情人都成眷属。然遍地腥云，满街狼犬，称心快意，几家能够。司马青衫，吾不能学太上之忘情也。语云：仁者“老吾老以及人之老，幼吾幼以及人之幼”。吾充吾爱汝之心，助天下人爱其所爱，所以敢先汝而死，不顾汝也。汝体吾此心，于悲啼之余，亦以天下人为念，当亦乐牺牲吾身与汝身之福利，为天下人谋永福也。汝其勿悲。

汝忆否？四五年前某夕，吾尝语曰：“与使吾先死也，无宁汝先吾而死。”汝初闻言而怒，后经吾婉解，虽不谓吾言为是，而亦无辞相答。吾之意盖谓以汝之弱，必不能禁失吾之悲，吾先死留苦与汝，吾心不忍，故宁请汝先死，吾担悲也。嗟夫！谁知吾卒先汝而死乎？

吾真不能忘汝也！回忆后街之屋，入门穿廊，过前后厅，又三四折有小厅，厅旁一室为吾与汝双栖之所。初婚三四个月，适冬之望日前后，窗外疏梅筛月影，依稀掩映。吾与汝并肩携手，低低切切，何事不语？何情不诉？及今思之，空余泪痕。又回忆六七年前，吾之逃家复归也，汝泣告我："望今后有远行，必以告妾，妾愿随君行。"吾亦既许汝矣，前十余日回家，即欲乘便以此行之事语汝。及与汝相对，又不能启口，且以汝之有身也，更恐不胜悲，故惟日日呼酒买醉。嗟夫，当时余心之悲，盖不能以寸管形容之。

吾诚愿与汝相守以死，第以今日事势观之，天灾可以死，盗贼可以死，瓜分之日可以死，奸官污吏虐民可以死，吾辈处今日之中国，国中无地无时不可以死。到那时使吾眼睁睁看汝死，或使汝眼睁睁看我死，吾能之乎？抑汝能之乎？即可不死，而离散不相见，徒使两地眼成穿而骨化石，试问古来几曾见破镜能重圆？则较死为苦也，将奈之何？今日吾与汝幸双健。天下人人不当死而死，与不愿离而离者，不可数计。钟情如我辈者，能忍之乎？此吾所以敢率性就死不顾汝也。吾今死无余憾，国事成不成，自有同志者在。依新已五岁，转眼成人，汝其善抚之，使之肖我。汝腹中之物，吾疑其女也，女必像汝，吾心甚慰。或又是男，则亦教其以父志为志，则我死后尚有二意洞在也。甚幸甚幸！

吾家后日当甚贫，贫无所苦，清静过日而已。

吾今与汝无言矣！吾居九泉之下，遥闻汝哭声，当哭相和也。吾平日不信有鬼，今则又望其真有。今人又言心电感应有道，吾亦望其言是实，则吾之死，吾灵尚依依旁汝也。汝不必以无侣悲。

吾生平未尝以吾所志言汝，是吾不是处。然语之又恐汝日日为吾担忧，吾牺牲百死而不辞，而使汝担忧，的的非吾所忍。吾爱汝至，所以为汝谋者惟恐未尽。汝幸而偶我，又何不幸而生今日之中国！吾幸而得汝，又何不幸而生今日之中国！卒不忍独善其身。嗟夫！巾短情长，所未尽者，尚有万千，汝可摹拟得之。吾今不能见汝矣！汝不能舍吾，其时时于梦中寻我乎！一恸！

辛亥三月念六夜四鼓，意洞手书。

家中诸母皆通文，有不解处，望请其指教。当尽吾意为幸！

【人物简介】

林觉民（1887—1911），字意洞，福建闽侯（福州）人，黄花岗七十二烈士之一。少年之时，即接受民主革命思想，推崇自由平等学说。留学日本期间，加入中国同盟会。1911年春回国，4月24日写下绝笔《与妻书》，后与族亲林尹民、林文随黄兴、方声洞等革命党人参加广州起义，转战途中受伤力尽被俘。后从容就义，牺牲时年仅25岁。

【家书解读】

林觉民给妻子陈意映的遗书写在一块白色丝绸手帕上，原件藏福建省博物馆。一纸与妻书，情之至深，令人泣泪。洋洋洒洒千余字，书尽与妻恩爱回忆、与子期许、以身殉国之慷慨。但作者并没停留在儿女私情之上，而是将儿女之情同革命事业相比，使二者融为一体。这封信展示了林觉民舍小家为大家的伟大的献身精神，表现出民主志士的革命情怀。

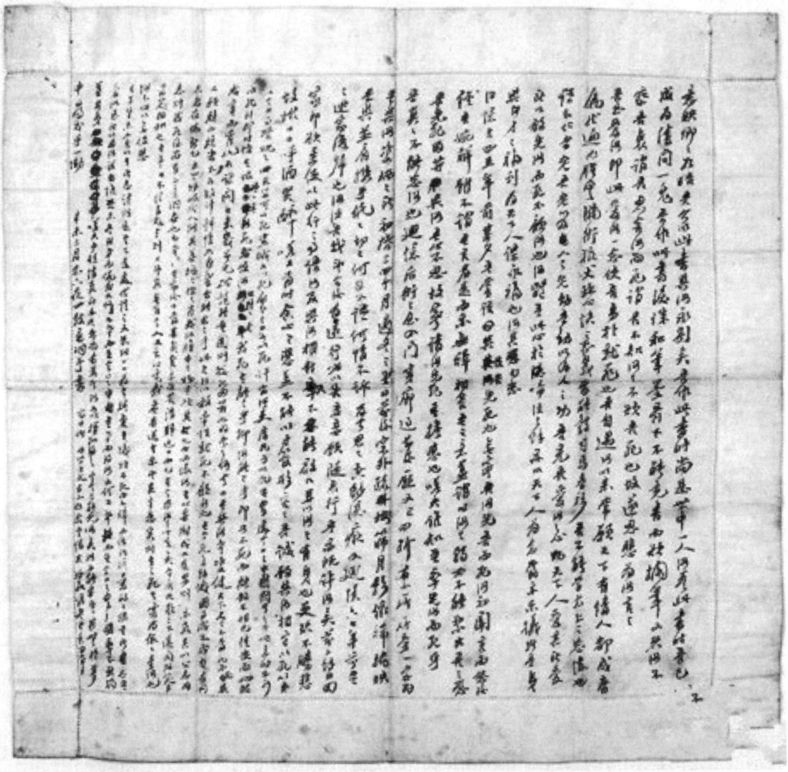

林觉民《与妻书》原稿

林觉民　致父诀别书

（大有补于全国同胞）

不孝儿觉民叩禀：父亲大人，儿死矣，惟累大人吃苦，弟妹缺衣食耳。然大有补于全国同胞也。大罪乞恕之。

【人物简介】

林孝颖，林觉民嗣父，又字可山，号拾穗，福建福州人。其为晚清名士，才华横溢，以诗文闻名于世，民国初年的一些大学者如陈衍、台静农、钱穆等都与之有交情。林觉民天性聪慧，读书过目不忘，深得嗣父喜爱，自幼就由嗣父亲自教导读书。

【家书解读】

林觉民在与父诀别书中，表达自己知晓爱国与尽孝难以抉择，但为了全国人民的命运，他在表达对父亲的愧疚之后，毅然选择现行爱国之举。

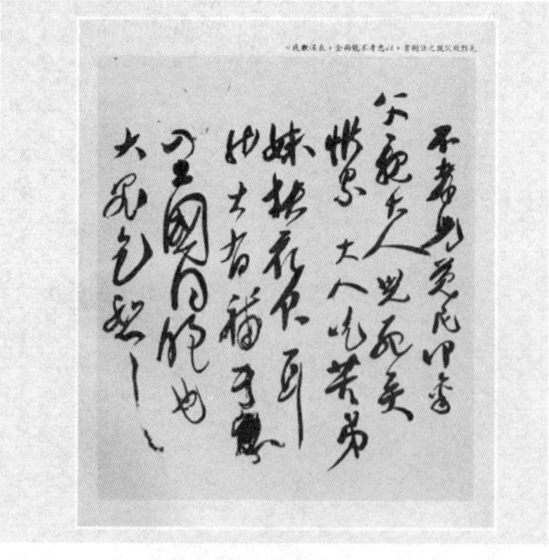
不孝儿觉民叩禀
父亲大人　儿死矣
惟累大人吃苦弟
妹缺衣食耳
然大有补于
全国同胞也
大罪乞恕之

林觉民给父亲的诀别书

黄少强　致门人黄志坚的信

（不忘努力发展民间画派事）

千问仁弟如见：

十一日来柬，十九到里门，廿五转佛，各情得悉。知以予病为念，甚感！

予自去冬持病，怆惶归里，调摄月余，日就痊可。今则禅山小隐，为画塾闭户授徒，是塾无馆招，不卖告白，只由交亲徒辈二三人为之介绍，束脩所得，亦足糊口也。

予初亦欲去曲江民族路光和号重见李章、士炯两弟，后因讲学事，需暑期后乃算。而小儿缵绪已于一日成行矣。吾弟拟于六月初首途，甚佳，前程远大，可为预贺，若不忘努力发展民间画派事，嘱高望远，志愿可嘉，尤足为此间同学之仰止也。斌伦曾来此，已返落，微天则只前在薄扶林道上闻弟说过之踪迹，讫今未尝得一见也。

匆复　即问

学棋　尊大人均此致候

止庐　四月廿七日

【人物简介】

黄志坚（1919—1994），别名千问，广东广州人。擅长中国画、美术理论。1940年毕业于香港美术学院和岭南大学文学院。曾加入“民间画会”，倡导现代人物画，新中国成立后从事美术史研究和花鸟画创作。历任广州画院副院长、美术顾问。作品有《啼吼》《龙虬》《岭南派的特征》等。

【家书解读】

黄少强是岭南画派中艺术成就十分突出的画家之一。这位被高剑父称为“特立独行之士”“吾侪革命艺术的前锋”的异人，奉“法古而变今”为艺术宗旨，摈弃中国画因袭临摹的旧习，倡导从街头市井的现实生活中撷取灵感和题材，将时人的形象、情感、遭遇引入中国画的表现，从作品内容和形式上“表白了新时代精神，阐扬固有国民性”，实践了他“谱家国哀愁，写民间疾苦”的宏愿。其独树一帜的现代人物画创作，在20世纪20年代至40年代初的中国画坛上，为时人所广泛称颂。

黄志坚画作

朱振汉　写给母亲的信

（为了全中国的人民解放而死是有价值的）

我最亲爱的妈妈：

我这次写给你是最后的一封信，也是最后一次和你谈话。你儿子的死是光荣的，为了全中国的人民解放而死是有价值的。妈！一个人是没有两次死的，一个人一定有死，但有的死了是无声无息的。我想一个人生出来做什么呢？其最有价值的就是为了光荣的死！妈！你或许认为你的儿子大不孝了！其实你应该欢喜你有一个光荣的儿子，你辛苦抚育是有价值的，全中国的人民都忘不了你。好了，最后我希望你努力教育好伟汉仔准备建设将来的新中国。并祝　快乐。

生命诚可贵　爱情价更高

若为自由故　两者皆可抛

小儿振汉

【人物简介】

朱振汉（1933—1948），广东兴宁人。1948年参加共产党领导的游击队，担任文化教员。太湖乡之役开誓师大会做战斗动员时，朱振汉报名参加决死队。牺牲时年仅15岁。

【家书解读】

这是朱振汉写给母亲的最后一封信，年仅15岁的他在信中表明了自己深爱母亲的同时，也为全国人民的解放事业做好了牺牲的准备。在信中他表明了自己愿意用鲜血换取全中国的人民解放，年纪虽小，却有着过人的魄力和清醒的认识。朱振汉牺牲后，船塘党组织追认其为中国共产党党员，遗体安葬在塔岭烈士陵园。

附录

诸葛亮　诫子书

夫君子之行，静以修身，俭以养德。非淡泊无以明志，非宁静无以致远。夫学须静也，才须学也，非学无以广才，非志无以成学。慆慢则不能砺精，险躁则不能冶性。年与时驰，意与日去，遂成枯落，多不接世，悲守穷庐，将复何及！

东方朔　诫子书

明者处事，莫尚于中，优哉游哉，与道相从。首阳为拙，柳惠为工。饱食安步，在仕代农。依隐玩世，诡时不逢。是故才尽者身危，好名者得华；有群者累生，孤贵者失和；遗余者不匮，自尽者无多。圣人之道，一龙一蛇，形见神藏，与物变化，随时之宜，无有常家。

司马相如　报卓文君书

五味虽甘，宁先稻黍。五色有烂，而不掩韦布。惟此绿衣，将执子之釜。锦水有鸳，汉宫有木。诵子嘉吟，而回予故步。当不令负丹青，感白头也。

曾国藩　致诸弟

四位老弟足下：

吾人为学，最要虚心。尝见朋友中有美材者，往往恃才傲物，动谓人不如己，见乡墨则骂乡墨不通，见会墨则骂会墨不通，既骂房官，又骂主考，未入学者，则骂学院。平心而论，己之所为诗文，实亦无胜人之处；不特无胜人之处，而且有不堪对人之处。只为不肯反求诸己，便都见得人家不是，既骂考官，又骂同考而先得者。傲气既长，终不进功，所以潦倒一生，而无寸进也。

余平生科名极为顺遂，惟小考七次始售。然每次不进，未尝敢出一怨言，但深愧自己试场之诗文太丑而已。至今思之，如芒在背。当时之不敢怨言，诸弟问父亲、叔父及朱尧阶便知。盖场屋之中，只有文五而侥幸者，断无文佳而埋没者，此一定之理也。

三房十四叔非不勤读，只为傲气太胜，自满自足，遂不能有所成。京城之中，亦多有自满之人，识者见之，发一冷笑而已。又有当名士者，鄙科名为粪土，或好作诗古文，或好讲考据，或好谈理学，嚣嚣然自以为压倒一切矣。自识者观之，彼其所造曾无几何，亦足发一冷笑而已。故吾人用功，力除傲气，力戒自满，毋为人所冷笑，乃有进步也。诸弟平日皆恂恂退让，第累年小试不售，恐因愤激之久，致生骄惰之气，故特作书戒之。务望细思吾言而深省焉，幸甚幸甚！

国藩手草。

傅雷　致傅聪

聪：

为你参考起见，我特意从一本专论莫扎特的书里译出一段给你。另外还有罗曼罗兰论莫扎特的文字，来不及译。不知你什么时候学莫扎特？萧邦在写作的taste〔品味，鉴赏力〕方面，极注意而且极感染莫扎特的风格。刚弹完萧邦，接着研究莫扎特，我觉得精神血缘上比较相近。不妨和杰老师商量一下。你是否可在贝多芬第四弹好以后，接着上手莫扎特？等你快要动手时，先期来信，我再寄罗曼罗兰的文字给你。

从我这次给你的译文中，我特别体会到，莫扎特的那种温柔妩媚，所以与浪漫派的温柔妩媚不同，就是在于他像天使一样的纯洁，毫无世俗的感伤或是靡靡的sweetness〔甜腻〕。神明的温柔，当然与凡人的不同，就是达·芬奇与拉斐尔的圣母，那种妩媚的笑容决非尘世间所有的。能够把握到什么叫做脱尽人间烟火的温馨甘美，什么叫做天真无邪的爱娇，没有一点儿挑心，没有一点儿情欲的骚乱，那末我想表达莫扎特可以“虽不中，不远矣”。你觉得如何，往往十四五岁到十六七岁的少年，特别适应莫扎特，也是因为他们童心没有受过沾染。

将来你预备弹什么近代作家，望早些安排，早些来信；我也可以供给材料。在精神气氛方面，我还有些地方能帮你忙。

我再要和你说一遍：平日来信多谈谈音乐问题。你必有许多感想和心得，还有老师和别的教授们的意见。这儿的小朋友们一个一个都在觉醒，苦于没材料。他们常来看我，和我谈天；我当然要尽量帮助他们，你身在国外，见闻既广，自己不断的在那里进步，定有不少东西可以告诉我们。同时一个人的思想是一边写一边谈出来的，借此可以刺激头脑的敏捷性，也可以训练写作的能力与速度。此外，也有一个道义的责任，使你要尽量的把国外的思潮向我们报导。一个人对人民的服务不一定要站在大会上演讲或是做什么惊天动地的大事业，随时随地，点点滴滴的把自己知道的、想到的告诉人家，无形中就是替国家播种、施肥、垦植！孩子，你千万记住这些话，多多提笔！

黄宾虹先生于本月二十五日在杭患胃癌逝世，享寿九十二岁。以艺术家而论，我们希望他活到一百岁呢。去冬我身体不好，中间摔了一跤，很少和他通信；只是在十一月初到杭州去，连续在他家看了二天画，还替他拍了照，不料竟成永诀。听说他病中还在记挂我，跟不认识我的人提到我。我听了非常难过，得信之日，一晚没睡好。

莫扎特的作品不像他的生活，而像他的灵魂。莫扎特的作品跟他的生活是相反的。他的生活只有痛苦，但他的作品差不多整个儿只叫人感到快乐。他的作品是他灵魂的小影。这样，所有别的和谐都归纳到这个和谐，而且都融化在这个和谐中间。

后代的人听到莫扎特的作品，对于他的命运可能一点消息都得不到；但能够完全认识他的内心。你看他多么沉着，多么高贵，多么隐藏！他从来没有把他的艺术来作为倾吐心腹的对象，也没有用他的艺术给我们留下一个证据，让我们知道他的苦难，他的作品只表现他长时期的耐性和天使般的温柔。他把他的艺术保持着笑容可掬和清明平静的面貌，决不让人生的考验印上一个烙印，决不让眼泪把它沾湿。他从来没有把他的艺术当做愤怒的武器，来反攻上帝；他觉得从上帝那儿得来的艺术是应当用做安慰的，而不是用做报复的。一个反抗、愤怒、憎恨的天才固然值得钦佩，一个隐忍、宽恕遗忘的天才，同样值得钦佩。遗忘？岂止是遗忘！莫扎特的灵魂仿佛根本不知道莫扎特的痛苦；他的永远纯洁，永远平静的心灵的高峰，照临在他的痛苦之上。一个悲壮的英雄会叫道："我觉得我的斗争多么猛烈！"莫扎特对于自己所感到的斗争，从来没有在音乐上说过是猛烈的。在莫扎特最本色的音乐中，就是说不是代表他这个或那个人物的音乐，而是纯粹代表他自己的音乐中，你找不到愤怒或反抗，连一点儿口吻都听不见，连一点儿斗争的痕迹，或者只是一点儿挣扎的痕迹都找不到。G Min.〔G小调〕：钢琴与弦乐四重奏的开场，C Min.〔C小调〕幻想曲的开场，甚至于安魂曲中的"哀哭"的一段，比起贝多芬的C Min.〔C小调〕交响乐来，又算得什么？可是在这位温和的大师的门上，跟在那位悲壮的大师门上，同样由命运来惊心动魄的敲过几下了。但这几下的回声并没传到他的作品里去，因为他心中并没去回答或抵抗那命运的叩门，而是向他屈服了。

莫扎特既不知道什么暴力，也不知道什么叫做惶惑和怀疑，他不像贝多芬那样，尤其不像华葛耐那样，对于"为什么"这个永久的问题，在音乐中寻求答案；他不想解答人生的谜。莫扎特的朴素，跟他的温和与纯洁都到了同样的程度。对他的心灵而论，便是在他心灵中间，根本无所谓谜，无所谓疑问。

怎么！没有疑问没有痛苦吗？那末跟他的心灵发生关系的，跟他的心灵协和的，又是哪一种生命呢？那不是眼前的生命，而是另外一个生命，一个不会再有痛苦，一切都会解决了的生命。他与其说是"我们的现在"的音乐家，不如说是"我们的将来"的音乐家，莫扎特比华葛耐更其是未来的音乐家。丹纳说得非常好："他的本性爱好完全的美。"这种美只有在上帝身上才有，只能是上帝本身，只有在上帝旁边，在上帝身上，我们才能找到这种美，才会用那种不留余地的爱去爱这种美。但莫扎特在尘世上已经在爱那种美了。在许多原因中间，尤其是这个原因，使莫扎特有资格称为超凡入圣（divine）的。

胡适　致胡祖望

祖望：

你这么小小年纪，就离开家庭，你妈和我都很难过。但我们为你想，离开家庭是最好办法。第一使你操练独立的生活；第二使你操练合群的生活；第三使你自己感觉用功的必要。

自己能照应自己，服事自己，这是独立的生活。饮食要自己照管，冷暖要自己知道。最要紧的是做事要自己负责任。你工课做的好，是你自己的光荣；你做错了事，学堂记你的过，惩罚你，是你自己的羞耻。做的好，是你自己负责任。做的不好，也是你自己负责任。这是你自己独立做人的第一天，你要凡事小心。

你现在要和几百人同学了，不能不想想怎么样才可以同别人合得来。人同人相处，这是合群的生活。你要做自己的事，但不可妨害别人的事。你要爱护自己，但不可妨害别人。能帮助别人，须要尽力帮助人，但不可帮助别人做坏事。如帮人作弊，帮人犯规则，都是帮人作坏事，千万不可做。

合群有一条基本规则，就是时时要替别人想想，时时要想想“假使我做了他，我应该怎样？”“我受不了的，他受得了吗？我不愿意的，他愿意吗？”你能这么想，便是好孩子。

你不是笨人，功课应该做得好。但你要知道世上比你聪明的人多得狠。你若不用功，成绩一定落后。功课及格，那算什么？在一班要赶在一班的最高一排。在一校要赶在一校的最高一排。功课要考最优等，品行要列最优等，做人要做最上等的人，这才是有志气的孩子。但志气要放在心里，要放在功夫，千万不可放在嘴上，千万不可摆在脸上。无论你志气怎样高，对人切不可骄傲。无论你成绩怎么好，待人总要谦虚和气。你越谦虚和气，人家越敬你爱你。你越骄傲，人家越恨你，越瞧不起你。

儿子，你不在家中，我们时时想念你，你自己要保重身体。你是徽州人，要记得“徽州朝奉，自己保重”。

你要记得下面的几件事：

（1）不要买摊上头上的食物，微生物可怕！

（2）不要喝生水冷水，微生物可怕！

（3）不要贪凉。身体受了寒冷，如同水冰了不流，如同汽车上汽油冻住了汽车便开不动。许多病是这样来的。

（4）有病赶快寻医生。头痛是发热的表示，赶快试验温度表（寒暑表），看看有无热度。

（5）两脚走路觉得吃力时，赶快请医生验看，怕是脚气病。脚气病是学堂里常有的，最可怕，最危险。

（6）学校饮食里的滋养料不够，故每日早起须吃麦精一匙。可试用麦精代替糖浆，涂在面包上吃吃看。

这几条都是要紧的，千万不要忘记。

你寄信给我们，也须编号数，用一本簿子记上，如下式：

家信

苏州第一号0月00日寄

苏州第二号0月00日寄

你收的家信，也记在簿上：

爸爸苏州第一号八月廿七日收

爸爸苏州第二号0月00日收

妈妈苏州第三号0月00日收

儿子，不要忘记我们，我们不会忘记你。努力做一个好孩子。

爸爸　十八年八月廿六夜

拿破仑　致约瑟芬

1796年11月27日

我一到达米兰，立刻跑到你寓所去；我丢开一切来看你，来拥抱你……你却不在那里，你从这个城市跑到那个城市，到处寻欢作乐。你是在我快要到达之前走的，你已经不把你亲爱的拿破仑放在心上了。你当时爱他只是出于一时心血来潮，你的变幻无常使他对你冷淡了。由于习惯于出生人死，我懂得如何弥补生活中的烦恼和痛苦。我现在经历的不幸是难以言状的，这一切原是可以避免的。

我在这里将等到九号晚上。不要感到为难，寻求欢乐去吧；

欢乐原是为你准备的。只要能使你快乐，世人又何乐而不为呢？

只有你丈夫一个人非常、非常的痛苦。

波拿巴

马克思　致燕妮

我的亲爱的：

我又给你写信了，因为我孤独，因为我感到难过，我经常在心里和你交谈，但你根本不知道，既听不到也不能回答我。我的照片纵然照得不高明。但对我却极有用……你好像真的在我的面前，我衷心珍爱你，自顶至踵地吻你，跪倒在你的眼前，叹息着说："我爱你，夫人！"暂时的别离是有益的，因为经常的接触会显得单调，从而使事物间的差别消失。甚至宝塔在近处也显得不那么高，而日常生活琐事若接触密了就会过度地胀大。热情也是如此。日常的习惯由于亲近会完全吸引住一个人而表现为热情。只要它的直接对象在视野中消失，它也就不再存在。深挚的热情由于它的对象的亲近会表现为日常的习惯，而在别离的魔术般的影响下会壮大起来并重新具有它固有的力量。我的爱情就是如此。只要我们一为空间所分隔，我就立即明白，时间之于我的爱情正如阳光雨露之于植物——使其滋长。我对你的爱情，只要你远离我身边，就会显出它的本来面目，像巨人一样的面目。在这爱情上集中了我的所有精力和全部感情。我又一次感到自己是一个真正的人，因为我感到了一种强烈的热情。

你会微笑，我的亲爱的，你会问，为什么我突然这样滔滔不绝？不过，我如能把你那温柔而纯洁的心紧贴在自己的心上，我就会默默无言，不作一声。我不能以唇吻你，只得求助于文字，以文字来传达亲吻……诚然，世间有许多女人，而且有些非常美丽。但是哪里还能找到一副容颜，它的每一个线条，甚至每一处皱纹，能引起我的生命中的最强烈而美好的回忆?

再见,我的亲爱的,千万次地吻你和孩子们。

洛克菲勒　给儿子的信

亲爱的约翰:

几天前你的姐姐塞迪兴高采烈地告诉我,她一头栽进了幸运里,说她手里的股票就像百依百顺听她使唤的奴隶,正在帮她将大把大把的钱拿回家。

我想现在塞迪可能已经快乐疯了,但我不希望她被那些钱弄得得意忘形而乱了方寸,我告诉她,小心相信运气会把自己扔到失败的田野上。

几乎每一位事业有成的人都在警告世人:你不能靠运气活着,尤其不能靠运气来建立事业生涯。有趣的是,大部分的人对运气深信不疑,我想他们是错把机会当运气了。没有机会就没有运气。

约翰,想一想你认识的那些幸运儿,你几乎可以确定,他们都不是温良恭俭让的人,也几乎可以非常确定,他们总是散发出自信的光辉和天下无难事的态度,甚至会显得非常大胆。这其中潜藏着一个鸡生蛋、蛋生鸡的问题,幸运儿是因为幸运才表现得自信和大胆,还是他们的“运气”是自信和大胆的结果呢?我的答案是后者。

幸运之神眷顾勇者,是我一生尊奉的格言。胜利不一定属于强者,高度警惕、生气勃勃、勇敢无畏的人也会获胜。当然,也有人相信谨慎胜过勇敢。但勇敢和大胆比谨慎更引人注目、更受欢迎,且更有吸引力,懦弱根本不能与之相比。

我从未见过不欣赏自信果决的人,每个人都是自信果决的人的支持者,期望这样的人担任领袖,而我们之所以受他们吸引,就在于他们有着强大的吸引力。所以，勇敢的人常常会比较成功，会较容易担任领袖、总裁和司令官，那些迅速升职的人都属于这样的人。

经验告诉我，大胆果决的人，能完成最好的交易，能吸引他人的支持，结成最有力的盟约。而那些胆小、犹豫的人却难以捞到这样的好处。不仅如此，大胆的方法对自己也大有裨益，有自信的人期望成功，他们会配合自己的期望，设计所有的计划以追求成功。

当然，这样做不能保证会绝对成功，却能自然而然地推出对成功的展望。换句话说，如果你觉得自己是赢家，你的行为就会像个赢家；如果你的行为像个赢家，你就很可能去做更多赢家的事，从而改变你的“运气”。

真正的勇者并非是不可一世的狂妄之徒，更不是没有脑子的莽撞汉。勇者知道运用预测和判断力，计划每一步和做每一个决定，这种做法就像军事策略家所说的那样，会让你力量大增，也就是拥有一种武器，能立刻形成明显的优势，帮你战胜对手。这让我想起了十几年前，大胆决定买下莱玛油区的事情。

在此之前，石油界没有一天停止过对原油将会枯竭的恐惧，连我的助手都开始恐惧在石油上不能长期渔利，悄悄地卖着公司的股票；而有的人甚至建议，公司应该及早退出石油业，转行做其他更为稳定的生意，否则我们这艘大船就将永远不能返航。作为领袖，面对悲观送出的应该永远是希望而不是哀叹，我告诉那些惶恐中的人们：上帝会赐予我们一切。

再次感觉上帝温暖的抚摸，是人们在俄亥俄州莱玛镇发现了石油的时候。只是莱玛的石油散发着用常规方法都不能去掉的臭味，深深打击了很多人想从那里大赚一把的信心。但我对莱玛油田充满信心，我可以预见到一旦我们独占莱玛，我们就将具有统治石油市场的强大力量。机会来了，如果让它悄然溜走，洛克菲勒的名字就会与猪联系在一起。我郑重地告诉公司的董事们：这是千载难逢之机，我是该把钱投到莱玛的时候啦！

非常遗憾，我的意见遭到了胆小怕事者的反对。

强加于人不符合我的性格，我寄希望于通过和颜悦色的讨论，让大家最终能统一到我的意见上来。

那是一次漫长而没有结果的等待。我忧心忡忡，我们建起了全球规模的巨型炼油厂，它就像一个饥饿的婴儿对母亲的奶汁贪得无厌一样，需要吃掉源源不断的原油，但宾州的油田正在凋敝，其他几个小油田业已开始减产，长此下去我们只得依赖俄罗斯的原油，几乎可以肯定，俄国人一定会利用他们对油田的控制，削弱我们的力量，甚至彻底击败我们，把我们赶出欧洲市场。但是，一旦我们拥有了莱玛的石油资源，我们就会继续做赢家。不能再等了，是我该行动的时候啦！

正像我所预想的那样，在董事会上保守派依然说“不”。但我以令反对派大吃一惊的方式，降伏了他们，我说：先生们，如果不想让我们这艘巨轮沉下去，我们必须保证我们的原油供应。现在，蕴藏在莱玛地下的石油正向我们招手，它将带来令我们目眩的巨额财富。看在上帝的份上，请不要说那带有臭味的液体没有市场，我相信上帝赐予我们的东西都有其价值，我相信科学会扫除我们的疑虑。所以，我决定用我自己的钱进行这项投资，并情愿承担两年的风险。如果两年以后成功了，公司可以把钱还给我；如果失败了，就由我自己承担一切损失。

我的决心与诚意打动了我最大的反对者普拉特先生，他眼中闪动着泪光，激动地对我说：“约翰，我的心被你俘虏了，既然你认为应该这样做，我们就一起干吧！你能冒这个险，我也能！”一荣俱荣、一损俱损的合作精神，是我们不断强大的精神支柱。

我们成功了。我们倾尽全力将巨资投到了莱玛，其回报更是巨大，我们将全美最大的原油生产基地控制在了自己的手中。而在莱玛的成功又加剧了我们的活力，支配我们开始了在石油业前所未有的大收购。结果正像我们预想的那样，我们成为石油领域最令人畏惧的超级舰队，取得了不可动摇的统治地位。

约翰，态度有助于创造运气，而机运就在你的选择之中。如果你有百分之五十一的时间做对了，那么你就会变成英雄。

这是我关于幸运的最深体会。

爱你的父亲

1898年10月7日

盛田昭夫 致儿子

太郎你好：

我还想就机遇这个话题和你谈谈。

机不可失，时不再来，这是一个浅显深刻的道理，扫描仪了机会均等，你就可能乘风而起，越上成功的巅峰；如果错过了机会，你就可能让唾手可得的成功擦肩而过，因而懊悔不已。难怪成功学大师卡耐基曾不无感慨地说："在某种意义上说时机就是一种巨大的财富。"英国托·富勒也说："抓住机遇，就能成功。"世界著名的石油大王洛克菲勒在谈到他的创业史时，也只说了一句话："压倒一切的是时机。"

在职场活动中，如果你能在电动机来临之前就识别它，在它溜走之前就采取行动，那么成功之神就降临了。

有人把机遇称为运气，不管称谓如何，都有一点绝对的，善于利用机遇比怨天尤人更为有益。

你可知道，笛卡尔患病期间躺在床上休息，无意中看到天花板上的蜘蛛网，他琢磨着其中的奥妙，创立了新的数学分支——解析几何。伽利略看着被微风吹拂而轻轻摇摆的吊灯，发现了灯摆的定时定律，并由此而制成了钟表……在这些看似偶然的机缘背后，是科学家们坚实的知识基础，锲而不舍的探索精神，当然还有他们善思的习惯和敏锐的观察力，如果说摇摆的吊灯、蜘蛛网就藏着机遇或机缘，那其他研究科学的人，为什么会熟视无睹，发现不了呢？也许迟钝就是原因。而之所以迟钝，则与知识功底不扎实，缺乏敏捷的科学思维以及不能专心致志于自己的事业有关。而所有这些知识、思维能力、专心，都离不开一个人长期的锻炼和磨砺。有一句格言说得好：“幸运之神会光顾世界上的每一个人，但如果她发现这个人并没有准备好要迎接她时，她就会从大门里走过来，然后从窗子里飞出去。”

儿子，事有机缘，机缘是处处存在的，但能否让机缘变成你成功的阶梯，则不取决于所谓的命，而就是你自己本身，每个人都是自己命运的设计师。可以说，人一生的命运就是由一连串的机遇连接而成，你的一生是否精彩，关键在于你能否抓住机遇，或者说机会、机缘、时机。

你应该不放弃任何一个哪怕只有万分之一的可能成功的机会。

有不少聪明人对此是不屑一顾的，其理由是希望微小的机会，实现的可能性不大，只有傻瓜才会相信万分之一的机会。

我却不这样认为。我认为你应该重视那万分之一的机会，因为它将给你带来意想不到的成功。

有人说，这种做法是傻子行径，比买奖券的希望还渺茫。这种观点是失之偏颇的。因为开奖券是由别人主持，丝毫不由你；但这种万分之一的机会均等，却完全可以靠你自己的主观努力去完成。

从我的人生经历经验与教训而言，你要想把握这万分之一的机会，同时，必须具备以下一些条件。

一是目光长远。鼠目寸光是不行的，不能看见树叶，就忽略了整片森林。

二是必须锲而不舍。没有持之以恒的毅力和百折不挠的信心是无济于事的。

假如这些条件你都具备了，那么有一天你将成为物质财富和精神财富的百万富翁，只要你去付诸行动。

看准时机并把握它，将它变成现实的财富，才是优秀的成功人士的明智选择。